雨降りジウと恋の約束

CROSS NOVELS

野原 滋
NOVEL:Sigeru Nohara

兼守美行
ILLUST:Miyuki Kanemori

CROSS NOVELS

CONTENTS

CROSS NOVELS

CONTENTS

雨降りジウと恋の約束

Presented by Sigeru Nohara
with Miyuki Kanemori

Story 野原 滋
Illust 兼守美行

CROSS NOVELS

控え室でコンビニの制服を脱いだ穂波貴琉《ほなみたける》は、ロッカーから取り出した私服のジャケットを羽織り、そのまま店内に戻った。弁当や惣菜の並ぶコーナーに行き、今日の夕飯を吟味《ぎんみ》する。

オムライスにハヤシソースが掛かった洋風弁当が美味しそうで、並べているときには今日はこれにしようと思っていたのに、働いているうちに気持ちが変わってしまった。中華丼やカツ丼は気分じゃないし、カレーも今はちょっと勘弁だ。何故《なぜ》なら大量に作ったカレーを、頑張って今朝片付けたばかりだからだ。

家での食事は父との当番制で、その父は今、長期の出張で海外にいる。両親が離婚したのは貴琉が小学校の低学年のときで、それからずっと父子家庭だ。

父の不在中も一応料理はしているが、一人分の食事をずっと作り続けるのはやはり億劫《おっくう》だ。作り置きしたカレーもなくなり、インスタントラーメンよりはご飯ものがいいかと、散々迷った末に、貴琉は和風ハンバーグ弁当とサラダを持ってレジに行った。

貴琉と入れ替わりでシフトに入った子がそれを受け取り、バーコードを機械に通す。

「あ、ちょっと待って」

貴琉の他に客がいないことを確認し、バイトの学生が一旦レジから出る。お酒のコーナーから三五〇ミリリットルの缶ビールを一本持ってきて、「これは俺のおごり」と言って弁当と一緒に袋に入れた。

「え、いいよ」

「いいの、いいの。いつもシフト替わってもらってるからさ。今日も助かったし」

学校は違うが、貴琉と同じ大学二年の彼は、貴琉と違い学生生活が忙しいようで、ちょくちょくシフトの変更を頼んでくる。

貴琉は週に三日、大学の講義が早くに終わる火曜と水曜の午後、それから日曜の夕方にシフトを入れていた。火曜の今日は八時に交替の予定が、部活動の話し合いが長引くとの連絡が入り、急遽《きゅうきょ》十時までの勤務になっていた。

バイトが終われば家に帰るだけだし、他のバイトの人からも頼まれれば気軽に請け負っている。働いた分はちゃんとお金になるのだから、なんとも思っていないが、相手のほうは気が咎めるらしい。その気持ちがビールの差し入れになったのだろう。

「酒飲めるだろ？　他のにする？　缶チューハイとか」

「いや、ああ、まあ飲むけど。……じゃあ、ビールで。ありがとう」

飲酒は許される年になっているし、飲めないこともない。ただ、自宅で一人飲みをするほど好きでもない。そんなに気を遣うこともないのにと思うが、ここで固辞してまた気を遣われるのも面倒なので、ありがたくビールをもらうことにした。

「穂波くんも急に用事ができたときは、言ってくれな」

お互い様だからと言われるが、学校の講義とコンビニのアルバイト以外には、そうそう突発的な用事などない貴琉だ。部活動もサークル活動もしていないし、彼女もいない。飲み会や遊びに誘われることはあっても、それは事前に分かることで、急に誘われたらバイトがあるからと断るから、それも心配ない。まあでも、風邪を引くときぐらいあるかもしれないし……と思い直し、「その時は頼むよ」と貴琉も笑顔で頷き、コンビニをあとにした。

弁当とサラダ、それから缶ビールの入ったコンビニ袋をぶら下げて、夜の道を歩く。貴琉の家はここから電車で二駅先にあり、通っている大学は反対方向へ九駅の場所だった。

自宅にあまり近いと顔見知りに会ったら気まずいと思い、二駅離れたコンビニを選んだ。ここなら仕事が深夜になっても歩いて帰れる。今日も弁当を持ったまま電車に乗るのは気が引けたので、貴琉は歩いて帰ることにした。

十月上旬の季節は暑くも寒くもなく、散歩をするのにちょうどいい。先週は例年にない大型の台風が日本を縦断する可能性があると、ニュースで注意を呼び掛けていた。だけど実際は縦断せずに掠《かす》っていった程度で、貴琉の住む地域も半日大雨に見舞われたが、たいした被害もなかった。それが過ぎ去ってからは、ずっと晴天が続いている。

駅とは反対方向の幹線道路に向かって歩いて行く。道路を越えれば住宅街に入り、そこからまた少し歩いた先が貴琉と父親の住む一軒家だ。

空には半月がくっきりと浮かんでいた。風はなく、秋の夜のひんやりとした空気が、歩いている身体には気持ちがよかった。

しばらく行くと、車が頻繁《ひんぱん》に行き来する音が聞こえてきた。大きな道路までくれば家まであと半分。幹線道路の横断歩道に向かって歩きながら、貴琉はコンビニの袋を持っていないほうの手で、前髪を触った。

サラリとした手触りが指に触れる。少し長めの前髪の一房を指先にくるりと絡め、ゆっくりと引いていく。指から髪が逃げるように解けていく感触を確かめる。

こんなふうに髪を触るのは貴琉の小さい頃からの癖だった。髪の一部分だけが色が抜け、真っ白なのだ。

いわゆる若白髪なのだが、他の大部分は真っ黒で、前髪の一房だけメッシュが入ったような色合いをしていた。ツートンカラーのそれはかなり目立つようで、初対面では大概この髪のことを聞かれる。

大学に入っても、初めのうちはこの髪に興味を持って近づいてくる学生もいたが、適当に受け流しているうちに、だんだん話題にも上らなくなった。大学では貴琉よりももっとずっと派手な髪色やファッションをしている人がたくさんいて、貴琉のこれもファッションの一つと思われるらしい。

大きめの瞳とふっくらとした唇の顔貌は、二十歳にしては童顔に映るようで、身体も華奢《きゃしゃ》なほうだ。口数もそう多くなく、大人しい性質なのに、髪の色だけ人と違う。子どもの頃はからかいの対象になったこの髪の色も、今は似合うと褒められることも多い。自分でも気に入っている髪なので、そう言われると嬉しいものだ。メッシュの入ったこの部分は手触りがよく、触っているとなんとなく安心する。

暗い通りを過ぎ、幹線道路まで出る。片側三車線の広い道路は夜になっても車が途絶えず、大型トラックが多く行き来していた。横断する人間が少ないため、なかなか信号が変わらないのが難点だが、別に急ぐことでもないので、目の前を行き来する車を眺めながら、貴琉は信号が青に変わるのをのんびりと待っていた。

ふと、風が頬を過《よぎ》り、あれ？　と思い、貴琉は空を見上げた。肌に触れた感触がずいぶん湿っていて、急に雨でも降ったのかと思ったのだ。だけど見上げる空は雲一つなく、さっきと同じ、くっきりとした半月が浮かんでいた。

「……気のせいかな」

掌で頬を触ってみるが、もちろん濡れていない。貴琉が立っている側には街路樹もないから、水が落ちてきたということも考えられない。貴琉は首を傾げながら、頬に置いた手を無意識に滑らせ、自分の前髪を触っていると、目の前の信号が青に変わった。

ようやく変わった信号の色を確かめ、足を踏み出す。ここを渡れば住宅街に入り、もうすぐ家に着く。

帰ったら弁当を温めて、インスタントのスープでも添えようかと、台所のストックを思い浮かべながら横断歩道を歩いている横顔を、突然強い光で照らされた。

目に飛び込んできた光を咄嗟《とっさ》に腕で遮《さえぎ》る。ギャッというブレーキ音にクラクションの音が重なり、心臓が飛び出そうになる。

あっと思ったときには、大型のトラックが眼前に迫っていた。

飛び退ることもできずにその場に固まる。

強烈な光に晒《さら》され、目の前が真っ白になった。

身体が宙に飛び、貴琉は自分がトラックに撥《は》ねられたと思った。

考え事をしていて確かに注意をしなかった。だけど信号は青だったはずだ。どうして？ と、そんなことを考えながら、投げ出されて宙に浮いてしまった自分の身体が地面に叩き付けられる瞬間を待つ。

身体がバラバラになってしまうんだろうか。骨が折れたら痛いんだろうな……と、為《な》す術《すべ》もなく目を閉じて待つが、その瞬間がなかなか訪れない。

「……あれ？」

跳ね飛ばされた感覚は確かにあるのに、その次の現象が起こらない。ずいぶん長いんだな、これが走馬灯ってやつなのか、なんて思いながら、貴琉は閉じていた瞼《まぶた》をそっと開けてみた。

目の前には黒い空と明るい半月。それしか見えない。

「え？ ……あれ？ どうしたの？」

出した声が音となって自分の耳に入ってきて、それも不思議に思った。車に撥ねられても喋る余裕があるんだ……なんて思う。目を開けたまま待つのだが、やっぱり落下の衝撃は訪れない。

落ちるのを待つ間に手を動かし、グーパーしてみるが、余裕で動く。足をバタつかせてみると、それもできた。

何処も痛くないことを確かめ、助かったんだろうかと一旦安堵し、すぐに別の違和感に気が付いた。

「浮いてる……よね？」

身体を動かしてみても、何もぶつからない。すでに地面に落ちてしまっているのかと思ったが、それなら地面の感触があるはずなのに、何も感じないのだ。それに、ふわふわとした浮遊感が確かにある。とんでもなく遠くに飛ばされている途中なのか。それにしても……。

「あ、もしかして、瞬時に死んじゃった？」

考えられるのはそれぐらいで、だけど死んだという実感がまったくない。即死だったら実感する間もないだろうから、そうなのかもしれない。

「僕は死んだ……」

ガッカリして項垂《うなだ》れる。横断歩道を渡るときに、ちゃんと左右を確認すればよかったと後悔するが、もう遅い。

「死んでいないぞ」

「ふぁ？」

すぐ側で声が聞こえ、貴琉は思わず声を上げた。

「おまえは死んでいない」

低い声は大人の男の人だ。耳元で聞こえるその声のほうへ顔を向けると、その人も貴琉の顔を覗いてきた。

面長の顔は透けるように白く、淡い桜色の唇が笑っている。吊り上がり気味の目の色は黒く、すう、と一筆で引いたような整った眉をしていた。腰まで届く長い髪は、眩しいほどの銀髪だ。絵のように綺麗《きれい》な人だと思った。

そしてその髪色と同じ、真っ白な着物を着た男の人が、貴琉の顔をじっと見つめている。

「私がおまえを助けた」

「あ、そうなんですか。ありがとうございます」

気が付いてみれば、貴琉は長い髪のその人に抱かれていた。……宙に浮いたままで。

男性に抱きかかえられたまま下を覗くと、道路が見えた。車がひっきりなしに行き来している。そこは、間違いなく貴琉が今し方渡ろうとした幹線道路の横断歩道だ。貴琉を撥ねたと思われるトラックの姿はすでになく、何事もなかったように足下で車が走っている。

「ええと、これはどういう状況で……？」

「ぶつかりそうだったのでな、ヒョイと攫った」

あっさりと説明され、「……はあ」と返事をするが、全然状況が摑《つか》めない。首を傾げている貴琉に向かい、男はにっこりと笑っている。

「あなたはいったい……え、これ、なに……？」

茫然としたまま尋ねると、その人は「ジウだ」と言った。

「ジウ……。名前？」

名前を聞いたわけではなく状況を尋ねたわけだが、ジウと名乗った男が「そうだ」と頷くので、貴琉も自己紹介をする。

「僕は穂波貴琉といいます」

「そうか。では貴琉、行こうか」

「行く？　何処へ？」

天国へ行くのかなと思ったら、ジウは「おまえの家へ」と言うから、また訳が分からなくなる。

「え、なんで僕の家へ？」

「私はおまえの命を救った」

「はい。ありがとうございます」

「だから、私はおまえの家へ行く」

「え、と、よく分からない……」

「私はおまえの命の恩人だな」

「あ、はい、……ありがとうございます」

「だからおまえは、私にその礼をしなければならない」

「礼……、まあ、そうですね」

「当然だ。私がおまえをこうして抱き上げなければ、おまえはあの自動車に飛ばされ、地面に激突し、命を落としていた」

「そうですね。それには本当に感謝しています」

「落とす前に私が拾ったのだから、その命は私のものだろう？」

整然と、とんでもない超理論を展開しているジウの顔を唖然としたまま見ている貴琉を、ジウも見つめ返し、艶やかな笑みを浮かべた。

「だからおまえはその身を以《もっ》て、私に最善の礼を尽くすがいい」


家に帰ると、貴琉は取りあえず持って帰ってきた弁当を温め、その間にお湯を沸かした。ジウも当然のように貴琉と一緒に家に入り、今は珍しそうに部屋の中を見回している。豪邸でもなんでもない普通の庭付き一軒家だが、人の住む家自体が珍しいのか、ドアを開けたり閉めたり、置き時計を手に取ってみたりテーブルにある雑誌を読んでみたりと、目についた物に手を出しては眺めていた。

そのうちリビングの照明のスイッチを見つけ、点けたり消したりし始める。

「おお。これは面白い。ここを押すだけで灯りが切り替わる。便利だな。たいした発明だ」

空を飛べるくせに電気のスイッチを便利がるのが可笑しい。パチパチと際限なく点滅を繰り返され、悪戯《いたずら》しないでと言いたいが、命の恩人なので黙っている。

カップにスープの素を入れてお湯を注いでいるところに、チン、と電子レンジが鳴った。音を聞きつけたジウが台所に入ってきて、「なんだそれは」と、レンジの中を覗く。

「これは電子レンジといって、弁当を温めたんです」

ほかほかの和風ハンバーグ弁当をレンジから取り出しながら説明をすると、ジウが「ほう、これは弁当なのか。変わった器だ」と、感心したような声を出して、ハンバーグの入った容器に顔を近づけた。

「しばらく表に出ないうちに、世の中はずいぶん変貌したようだ」

「しばらくって、いつから？」

「どれくらいか。よう分からん。十年は経っているかと思うが」

「十年前なら、電気も電子レンジもあったと思いますけど」

「そうか。だが私のいた辺りにはなかった」

「ジウは何処から来たんですか？」

貴琉の質問に、ジウは弁当から目を離さずに、「んー、あっちのほう」と、適当な声を出す。

「人里の近くにはおらなんだ」

「そうなんですか。山とか、森とか……かな」

「ああ、そうだろう」

「そうだろう、……って」

「長い年月が経てば地形は変わってしまうものだ。山だったものは削れ、森は消え、池も涸《か》れる。平地だったものは田や畑、または町や鉄道が走る道となることもある」

「ああ。そうですよね」

「人の集まる場所は騒がしくてな、好かんのだ。昔は人も住まいも道も、あれほどうるさくはなかった。自動車というあの乗り物はまたえらくけたたましい。おまえもすんでのところで命を落とすところだったろう。危なかった」

そう言って、「私のお蔭《かげ》だな」と、にっこりと笑う。

「はい。感謝してます。でも、じゃあ、うるさいのが嫌いなのに、どうしてこんな街中に出てきたんですか？」

「退屈だったのでな。ちょいと飛んできた」

「……ふうん。で、結局ジウって……」

「貴琉、早くその弁当を食べろ。おまえの食事する姿を見たい」

「えー、と。別に見せるようなものでもないん……」

「早く食べろ。見たい」

貴琉の質問を遮り、ジウは早く早くと、何故か食べることを急かす。言われるままダイニングテーブルに着き、弁当の蓋を開けた。「いただきます」と箸を持つ貴琉を、向かいの席に座ったジウがジッと見つめている。

「……食べます？」

「いいや。私は食物を口にする習慣を持っていない。遠慮せずに食べろ」

促され、貴琉は素直に箸で切ったハンバーグを口に入れた。モグモグと咀嚼《そしやく》している貴琉の顔を、ジウが楽しそうな顔で眺めていた。

「美味いか？　貴琉」

「ええ、まあ、はい」

万人に受けるようにと味付けされた弁当は慣れ親しんだ味で、普通に美味しい。貴琉の返事を聞いたジウは、満足そうに頷き、「そうか。美味いか」と言って笑った。自分が作った弁当でもないのに、何故かとても嬉しそうなのが可笑しい。

「今の世は、家でまで弁当を食すのだな。昔は外に出掛けるときに持って行ったものだが。皆自宅で料理をしていた」

「あ、今も普通はそうですよ。今日はイレギュラーっていうか、僕も、カレーを大量に作ったんですけど」

「なに、カレーとな！」

ゆったりと向かいの席に座っていたジウが身を乗り出す。切れ長の目がカッと見開かれ、心なしか身体が光って見える。というか、完全に光っていた。

「カレーが食べたい。貴琉。それを出せ」

「え、いや、もう全部食べちゃって。だから今日は弁当でいいかって……、これなんですけど」

貴琉が弁当を指すと、ジウは「そうなのか……」と、乗り出した身体を椅子の背に沈ませた。「是非とも貴琉の作ったカレーを食してみたかった」と言って、溜息を吐く。食べ物を口にする習慣がないと言っていたのに、カレーは食べたかったようだ。

「なんか……すみません」

「いや、いいのだ。気にするな」

ジウが鷹揚《おうよう》に手を振るが、後光《ごこう》が差していた身体は光を失い、文字通りどんよりとしている。

よっぽどカレーが好きらしい。

「ええと……あの、ジウって、人間じゃないですよね？」

いたたまれなくなった貴琉が話題を無理やり変えると、ジウは俯いていた顔を上げ、驚いた顔を作る。

「なんと。よくぞ見破った」

「見破るも何も、ジウは隠そうとしてないじゃないですか。人間は空なんか飛ばないですし、最初から丸分かりです。幽霊とか、妖怪、とか？」

「ああ、まあそのようなものだ」

「え、どっち？」

「どちらでもあり、どちらでもなし」

頬杖をついたジウは、「おまえの考えるとおりでよい」と、また適当なことを言って、「早く食べろ」と促してくる。

考えるとおりと言われても、貴琉にもよく分からない。白い着物と青白い肌が幽霊っぽいが、表情が豊かでニコニコしているので、自分の知識にある幽霊とはなんか違う。妖怪も、もっとこう……目がいっぱいあるとか、舌が異常に長いとか、異形なものを想像するが、ジウの姿はほとんど人と一緒だ。まあ、本人も明確に説明できない何かなのだろう。

ジウが人間ではないのは明白で、だけど貴琉はそんなジウに対して、恐怖をまるで感じていなかった。

落としたはずの命を救ってもらったからかもしれない。宙に浮いていたことは確かに驚いたが、見た目は人間みたいだし、その上もの凄く綺麗な顔をしている。今、目の前で頬杖をついてこちらを覗き込んでいる姿なんか、色の白さも相まって精巧な彫刻のようだ。

見つめられながらの夕食をとっていて、袋の中にまだサラダがあったことを思い出し、貴琉はそこからサラダカップを取り、蓋を開けた。ジウはそれも興味深そうに見つめていたが、袋の中のビールを見つけ、「それは食べないのか？」と聞いてきた。

「ああ、これは食べ物じゃないんで。ビールっていって、お酒だから。忘れてた」

冷蔵庫にしまおうとしたら、ジウが「酒か」と言って手を伸ばしてきた。

「貴琉は飲まないのか？　それなら私がいただこう」

「いいですけど、食物は口にしないんじゃ？」

「敢えて食さずともよいということだ。空腹感がないのでな。だが酒は別だ」

そう言って舌舐めずりをしたジウが缶ビールを手に取り、開けようとしている。「蓋は何処にあるのだ」と言うので、貴琉が開けてやり、グラスに注いであげた。

泡の立った茶色の液体を不思議そうに眺めていたジウは、次にはそれを豪快に流し込んだ。空腹感はなくても味は分かるのか、コクコクと喉を鳴らし、実に美味しそうにビールを飲んでいる。

「好きな味でした？」

一息でビールを飲み干し、プハー、と息を吐く様子は人間と同じなのが可笑しい。

「酒は好きだ。身体が浄化される。ああ、どれくらい振りだろう。美味いな」

空になったグラスを見つめ、ジウが目を細めた。二杯目を注いでやると、それも瞬く間に飲み干していく。

「冷蔵庫にまだありますけど」

席を立って冷蔵庫からビールを出してきた。父の晩酌用のものだが、帰ってくるまでに補充しておけばいい。なにしろ命の恩人だ。礼をしろとも言われているし、家にあるビールぐらいなら、いくらでも飲んでくれて構わない。

二本目の缶ビールは、貴琉のやり方を見ていたジウが自らプルタブを開け、グラスに注いだ。学習能力の高いところが、なんだか笑える。

「いつも一人で食事をしているのか？」

グラスを片手に、ジウが聞いた。

「いえ。いつもじゃないです。今は父が海外で仕事をしているので一人ですけど」

父が出張に出掛けてからは二週間以上が経っていて、今後もあと一ヶ月は留守の予定だ。

「そうか。それは寂しいな」

「んー、どうでしょう。慣れてるし、僕も大学とかあって、そんなに家にいないし」

「寂しさに慣れたというのか」

「え、いえ。特に寂しくは。生活に慣れた……のかな？　昔からだし」

もともと出張の多い職に就いていた父だったが、離婚後は貴琉が小学生のうちは出張のない仕事に異動し、貴琉が中学に上がってからちょくちょく短期の出張を入れるようになっていった。大学生になった今では完全に復帰し、長期で留守にすることが増えていた。

自分のために仕事をセーブしてくれたことはありがたく、申し訳ない気持ちもあったので、父が復帰できてよかったと思っている。

一人きりで過ごす時間は別段苦痛とは思わない。家事は一通りできるし、料理だって同年代の男にしてはまめに作るほうだと思う。父の不在にも慣れている。だけど今、弁当を食べながらジウと喋っていると、なんとなく安心というか、心浮き立つというか、ああ、無理してカレーを食べきらなければよかった、そしたらジウに自分の作ったカレーを振る舞えたのに、なんて考える。

そんなことを思う自分は、もしかして寂しかったのだろうか。

目の前でゆったりとビールを飲んでいるジウを眺めながら、貴琉は首を傾げた。

「どうした？」

貴琉の視線に気付いたジウが言い、貴琉は「いいえ、何も」と、止まっていた箸を再び動かす。

「これも食べてみます？」

箸で小さく割ったハンバーグを挟み、貴琉が言うと、ジウはほんの僅《わず》か目を見開き、「私がそれを？」と言った。

「空腹感がないだけで、ビールが美味しいって思うんなら、これも美味しいかもしれないですよ」

「そうか。では、食べてみようか」

向かいにいるジウにハンバーグを差しだした。しばらくそれを見つめ、ジウがゆっくりと口を開けた。その中にハンバーグを入れてやる。

「……どうです？　美味しくない？」

貴琉の問いに、ジウが微笑んだ。花が咲くような笑顔は言葉よりも雄弁で、貴琉も笑顔になる。

人じゃないのに表情が豊かなのが面白い。

不思議な現象が身に起こっているのに、まったく動じていない自分が不思議だ。

「あの、さっき礼を尽くせって言いましたよね」

「ああ言った。私は貴琉の命の恩人だ」

「はい。もちろん感謝しているので、僕もできる限りのお返しはしたいと思っているんですが、具体的に僕はどうしたらいいんでしょうか」

命を救ったお返しがビール二本にハンバーグが一口というのは、ジウにとってはまったく割に合わないことだろう。だけど貴琉はまだ学生で、大金も持たず、父に言えばなんとかなるかもしれないが、だいたいジウにそんなものは必要だろうかと思う。

ジウが悪い妖怪とか、例えば悪魔とかなら、魂を寄越せとでも言い出しそうだが、目の前で笑っているジウを見ていると、そんな不穏な要求はしないように思える。

「そうだな。何を礼にもらおうか」

案の定ジウは、思案げに首を傾げながらも、楽しそうな表情をしていた。

「僕にできることならなんでも。っていうか、そんなにできることもないんですけど」

身を以てとか言っていたが、まさか身体で礼をしろなんてことは言わないだろう。

「では身体で礼をしてもらおうか」

「えっ！」

ないだろうと思ったことを事も無げに要求され、驚いた声が上がった。

「私を喜ばせろ」

「ええ……と、どうやって……？」

「さて、どうしようかな」

真っ白な肌の上にある桜色の唇が薄らと笑う。そこからチロリと赤い舌が覗き、唇の横についたソースを、ジウがゆっくりと舐め取っていった。

「貴琉、何をして遊ぼうか……？」


裾の割れた着物から白い足を覗かせ、ジウがベッドに横たわっている。

掌に触れる皮膚はヒヤリと冷たく、ほんの少し湿った感触がした。

「……気持ちいいですか？」

貴琉の声に、ジウが溜息で返事をする。気持ちがいいみたいだ。

身体で礼をしろと言われ慌てふためく貴琉を、ジウは堂々と寝室に誘った。そして貴琉のベッドに横になり、今の状況に至っている。

「じゃあ、次は腰を揉《も》みますね。完全なうつ伏せになってください」

目を閉じていたジウが緩慢な動作で身体を動かした。

ジウの身体は大きくて、貴琉のシングルベッドから足がはみ出しそうなほどだ。そんな大きな身体で、うっとりとした顔をしながら、貴琉に腰を揉まれていた。

手に触れる身体は弾力があり、本物の人間のようだ。だけど体温はなく、ひんやりとしている。手を当てて揉み始めると、冷たかった肌がほんのりと温まってくる。摩擦熱というより、貴琉の体温が移っているような感じだ。

「変温動物みたい」

「ん？　なんだそれは」

目を閉じたままジウが聞いてくる。

「ええと、外気の温度に左右される動物だったかな。蛇とかトカゲとか」

中学の理科の授業を思い出しながら説明すると、ジウがフン、と鼻を鳴らし、「私は違うぞ」と不機嫌そうに言った。

「私はそのようなものとは違う」

ジウの正体を貴琉が尋ねたときにはなんでもいいような答え方だったのに、蛇やトカゲとは一緒にされたくないらしい。「分かってますよ」と笑う貴琉に、「違うからな」と、繰り返し否定する。

腰から背中、肩と、長い銀髪を退けてその部分を揉み、別の場所を揉もうと再び髪を移動させる。サラサラの髪は手に持つとずっしりと重く、だけど触り心地がいい。

それでも腰まで届くような長い髪はマッサージをするのには少し邪魔だ。ヘアゴムなんかは男所帯の家にはなく、輪ゴムか、紐状の何かで髪を括《くく》ろうかと考え、ふと気が付いて貴琉はベッドから下り、自分の机の引き出しを開けた。

「どうした？　貴琉」

「ちょっと待っててくださいね。確かここに入れといたはずで……、あった」

ペンやクリップなどの文房具を入れてあるそこから、貴琉はミサンガを取り出す。

「ほう。これは綺麗な組紐だ」

赤や青、黄に緑にピンクと、他にもたくさんの色を使ったミサンガを眺め、ジウが言った。

「高校の文化祭で、クラスのみんなでお揃《そろ》いの何かを付けようってことになって、それで作ったんですよ」

文化祭が終わって、そのまま引き出しに放り込み、すっかり忘れていたものだ。

「貴琉が作ったのか？」

「ええ、女子に教わって。だからほら、ヨレヨレでしょう」

編み目もデコボコで、一応V字模様で編んだはずだが、よく分からないものになっていた。

「髪を纏《まと》めたほうがやりやすいから。ちょっといいですか」

そう言ってジウの髪を手に取り、ミサンガで括ってやった。ジウは一纏めにされた自分の髪を触り、括られた部分を指で確かめている。白い着物に白い肌、そして眩しいような銀髪の中に、彩りが加わる。

「似合いますよ」

ミサンガ自体の出来映えは決してよくないが、端整なジウが付けると綺麗に見えた。

「貴琉、これを私にくれ」

「いいですよ。そんな不格好なミサンガでよかったら」

貴琉が許可すると、ジウは髪に付いたミサンガを指で撫《な》で、嬉しそうに笑った。

再びうつ伏せになったジウの背中を揉む。マッサージの経験はなく、父にもしたことがない。力の加減も分からず見よう見まねで揉んでいるのだが、ジウはそれでもとても満足そうな顔をしていた。口の端がほんの少し上がっている。

さっきよりもいっそうジウの身体が温まっていた。今は貴琉と変わらないくらいの体温で、本当に変温なんだなと思うと、不思議で可笑しい。また「蛇みたい」なんて言うと機嫌を損ねるだろうから、黙ったまま懸命に命の恩人のマッサージを続けた。

「この寝床は心地が好いな。柔らかい」

貴琉の枕に頬を付けたジウが、手でポフポフとベッドマットを叩きながら言った。

「心地好くて、眠りを誘われる」

「ジウも眠くなったりするんですか?」

「ない」

「なんだ」

「それぐらい心地好いということだ」

ジウが笑って「ああ、本当に眠くなりそうだ」と目を瞑る。

「居心地が好すぎて、ここにずっと滞在したくなった」

「構いませんよ。父さんもあと一ヶ月は留守だし、それくらいなら……」

貴琉が了承すると、ジウは笑って「いや」と言った。

「何処かへ行く途中だったんですか？」

「いいや。そうではない」

「じゃあ、別にいいじゃないですか」

退屈凌《しの》ぎに街へ出てきたと言っていたから、一つの場所に長く留まる気はないのだろう。だけどしばらくここにいたいというのなら、本当に構わないし、そのほうがこっちもなんとなく楽しい。

見るもの触るものすべてを珍しがり、ビールや貴琉の分けたハンバーグを口にしてははしゃぐ姿は、子どもを見ているようで面白い。それに、下手くそなマッサージやぶきっちょなミサンガなど、ほんのちょっとしたことで凄く喜んでくれるから、こっちも嬉しくなり、もっといろいろと世話をしてあげたくなるのだ。

「本当、かまわないですから。気兼ねなく過ごしてください」

もう一度貴琉が言うと、ジウは「ああ」と曖昧な声と共に「もういいぞ」と言って、うつ伏せの身体を反転させ、起き上がった。

「ご苦労だった」

労《ねぎら》いの言葉をもらい、貴琉もベッドから下りる。

「身体は解れましたか？　やる前とあとで何か違います？」

ジウに凝《こ》りなんていう症状があるのかは疑問だが、貴琉がそう聞くと、ジウも考えるような顔をして、それからニッコリと笑い、「そうだな」と言った。

「身体が軽くなったような気がする。今なら空を飛べそうだ」

「マッサージする前からジウは飛べたじゃないですか」

貴琉が笑って言うと、「確かに」と言って笑う。そして、「気付かないうちに飛んでいるぐらい、軽くなった」と言って、実際ベッドから浮いてみせたりするから面白い。まったく茶目っ気のある妖だ。

コロコロと喉を転がして笑っている貴琉を、ジウがフワフワと宙に浮きながら眺めている。とても嬉しそうな表情だ。

「そろそろ寝ましょうか。寝る準備っていうか、……ええと、ジウは寝ないんでしたっけ。でも、今日は家に泊まっていくでしょう？」

一応客室にしている和室があるので、そこに布団を敷こうとドアに向かいながら貴琉が聞くと、ジウが驚いたように目を見開く。

「え？　泊まらない？　出てっちゃう？」

長期滞在はしないにしても、今日ぐらいは家に泊まるのだと思い込んでいたから貴琉も驚いた。

「何処かへ行く用事もないんでしょう？」

不思議そうな顔をして、ジウが貴琉の目を覗き込む。

「私にここへ泊まれと？」

「てっきり泊まっていくものだと。だってジウは命の恩人だし、それくらいは当然で……」

貴琉のことを、拾った命なのだから自分のものだと豪語していたジウだ。その礼を寄越せと迫られ家までついてきたから、もっといろいろな無理難題を突きつけられるのかと覚悟していたのだが、ジウの要求は貴琉にとってまったく予想外の緩いものばかりだ。

部屋を探索し、ビールを飲み、貴琉にマッサージをしてもらっただけで、十分だというのだろうか。

「今日ぐらいは泊まっていけばいいんじゃないですかね。だって、夜ももう遅いし、用事がないなら急いで出て行くこともないでしょう？　それに、まだたいしたお礼をしていなくて。なんていうか、申し訳ないというか……」

どうしてここまで食い下がっているのか自分でもよく分からないが、いてくれると思っていたものがそうじゃないと言われて、嫌だと思ってしまったのだ。

「本当、どうかここにいてください。二、三日、いや、一週間とかでも全然構いません。今うちは僕一人だし、部屋だってあるから。僕はジウに、もっとちゃんとしたお礼をしたいです」

懸命に引き留める貴琉をじっと見つめていたジウが、やがてゆったりと笑った。

「そうか。それなら一晩、おまえの世話になることにしようか」

ジウがそう言って、貴琉に付けてもらったミサンガを、長く白い指でそっと触った。

洗面所に置いてある洗濯機に着ているものをすべて放り込み、貴琉はそのまま浴室のドアを開けた。

シャワーで軽く身体を洗ったあと、追い焚きしておいた湯船に入る。熱い湯に首まで浸かると、身体の芯が解れ、ほう、と溜息が漏れた。

今日はいろいろなことがあったと、湯船の中で振り返る。

学校とバイトと、なんの変哲もなく終わるはずだった一日の最後に、信じられない出来事が起こった。夢でも幻覚でもなく、不思議な現象は、未だに貴琉の家の客室に滞在しているのだ。

「死ぬとこだったんだもんなぁ……」

親よりも先に死ぬのは最大の親不孝だし、何より自分だって死にたくない。それを拾いもののようにして救われ、いろいろ面食らう事象にも見舞われたが、こうして生きたまま風呂に浸かっていられるのは幸運だ。

「それにしても、ジウっていったいなんなんだろう……?」

身を以て礼をしろなんて言っておきながら、要求が謙虚すぎて笑える。泊まっていけと言えば遠慮をするような素振りまで見せていた。

「僕もなんであんなに必死になっちゃったんだろう」

もともと貴琉は自己主張の激しい性質ではない。自分でも穏やかなほうだと思っていて、よく人に頼みごとをされるし、バイトのシフト替えなんかはいい例だ。対人関係で深刻なトラブルも起こしたことはないから、この自己評価は間違っていないと思う。それなのに、泊まっていけと、ジウがうんと言うまで何度も誘い、まるで帰っちゃ嫌だと駄々を捏《こ》ねている子どものようだった。相手は人ではない、もしかしたら怖いものなのかもしれないのに。

だけどジウと接していて、恐怖は微塵《みじん》も感じないのだ。もともと霊感なんか持っていないし、今までそういう霊体験のようなことには遭ったこともない。

今日の出来事を反芻《はんすう》しながら、貴琉は無意識に自分の白い髪を触っていた。

「不思議なんだよな」

命を助けてもらった恩もあるが、あんな出会い方をしたジウの存在をすんなりと受け入れていることが、一番不思議だった。

「まあ、いろいろ考えても状況が変わるわけでもないから、いいか」

思考に決着をつけ、貴琉は湯船から出た。もう一度シャワーの下に立ち、今度は髪を洗う。身体に当たるお湯の熱さを感じながら、ジウが風呂に入ったらどうなるんだろうかと考えた。マッサージをしていたときは、貴琉の体温が移ったように、冷たかった身体が熱を持っていった。

「触って温かくなるんなら、風呂に浸かったら身体全体が温かくなるのかな」

「どうだろうな」

「わああああああああ！」

髪を洗いながら独り言を呟いている間近でいきなり声がして、貴琉は悲鳴を上げた。

顔を上げると、すぐ目の前にジウがいた。

「なんでっ？」

「風呂には浸かったことがないからな。分からんよ」

「そうじゃなくて、なんでここにいるんです？」

「貴琉が何をしているのかと思って、ちょいと覗きにきた」

「覗くなら隠れて覗いてくださいよ。あああ、びっくりした！」

ドアが開く音も入ってくる気配もまったくなかった。ドアをすり抜けてやってきたらしい。

「驚かせたか。悪かったな」

謝罪の声は全然申し訳なくなさそうで、ジウは浴室の中を見回し、シャンプーのボトルを手に持ち、「これは何か？」などと聞いてくる。

「貴琉、おまえあわあわだぞ。それはどうしたのだ？」

「ジウの持ってるやつで洗ってるんです。シャンプーっていって、髪を洗うものです」

「ほう。しゃぼんだな。他にも似たような容れ物がある。すべてしゃんぷーか？　そんなに種類を揃えておいて、どうするのだ？　日の気分によって変えるのか？　案外と伊達《だて》者なのだな」

浴室に置いてあるボトルを見て、ジウが無邪気に聞いてくる。貴琉のすぐ近くに立っているのでシャワーの飛沫《しぶき》を一緒に浴びているはずなのに、ジウの身体は濡れていなかった。着物も長い髪も乾いたままの状態で、貴琉に質問をしてくる。

「ちょっと……、すみません。出ていってもらえませんかね」

「何故だ」

「いや、だから僕は今、髪を洗っていて」

「ああ、いいぞ。洗えばよい。私に構わず」

鷹揚に頷いたジウの視線がゆっくりと動き、貴琉の身体を観察し始める。

「肌が瑞々《みずみず》しいな。ほら、水を弾いていく」

乾いた指先が、貴琉の濡れた肌の上をツ、と撫でる。

「っ、……ジウ、出ていって」

「何故だ？　もっと触りたい」

無邪気な笑顔でえげつないことを言う。

「嫌ですって。……だって、恥ずかしいじゃないですか」

「何がだ」

「だから、僕だけ裸だし、急に入ってくるから驚いたし。こういうの、恥ずかしいですよ」

「ふむ。そうか」

「分かってもらえましたか。じゃあ」

「私にも裸になれということだな」

「や、違います！」

「だがおまえ一人が裸なのが恥ずかしいのだろう？」

「そうじゃなくて……っ」

「着物を脱げばおまえに触れてもいいのだろう？　私はおまえに触りたいのだ」

「だからそういうことをそんな綺麗な顔でしれっと言わな……っ、もう脱いでるしっ」

ジウの着物がシュッと溶けるように消えた。顔や腕と同じ青白く、光るような肌が露《あら》わになっている。

人と同じ姿をしたジウの裸体も、貴琉と同じ男のものだった。背の大きいジウの身体は貴琉よりもずっと男らしく、だけど妙に艶めかしい。シャワーの湯が身体を叩いても、やはりジウは濡れていなかった。

「これでいいだろう？　さあ、触らせてくれ」

白い腕が伸びてきて、貴琉の両肩に触れてくる。乾いた掌が、サラサラと貴琉の肌の上を撫でてきた。

「すべすべだ。気持ちがいいな」

ジウがニッコリと笑い、貴琉の身体についた泡を手に乗せ、また貴琉の肌に付けたりして遊び始める。

「……もう、遊ばないでくださいよ」

「いいだろう？　遊んでも。このしゃぼんはたいそう柔らかくてキメが細かい」

貴琉の頭についたシャンプーの泡を両手いっぱいに掬《すく》い、ふかふかと泡立てて喜んでいる。

「花の香りがする。いい匂いだ」

泡に顔を近づけたジウの鼻の上に泡が乗った。鼻先に泡を付けたままの顔が可愛らしくて笑う貴琉を見て、ジウも笑顔になる。

風呂に入っているところに突然やってきて、身体を触りたいなんて言うから慌ててしまった貴琉だったが、ジウの無邪気な様子に気が抜けた。もしかしたらまた恩を身体で払えなんて言われるかと思ったのは、気の回しすぎだったらしい。

「ジウも洗ってあげましょうか」

ジウの髪を括ってあるミサンガを解き、貴琉はそれを自分の手首に巻いた。それからシャンプーを手に取り、泡立ててから髪に塗ってみるが、泡をつけたまま、浸透していかない。

「洗えないです。っていうか、どうして濡れないんだろう」

「ああ、私は外気の水分に左右されないのでな」

「そうなんですか。でも、さっきマッサージしたときは、湿っていましたよ？」

「それは、さっきの部屋はここよりも乾いていたからだろう」

「ふうん……？」

シャワーには濡れず、湿気のない貴琉の部屋ではしっとりしていた。それは、空気中にある湿り気にジウはまったく影響を受けず、ジウはジウのままなのだということか。よく分からない理論に首を傾げている貴琉に、ジウが「私はそういうものだから」と言った。

ボディーソープを塗っても、やっぱりジウの身体は濡れなかった。青白い肌の上をスルスルと泡が落ちていく。水にも石鹼《せっけん》にも濡れない肌は、それでも滑らかで手触りがよく、貴琉が触っているうちに、ほんのりと熱を帯びていく。

「どれ、それなら私が貴琉を洗ってやろう」

貴琉のやっていたことを早速真似てジウがポンプを押し、掌にボディソープを乗せ始める。

「おお、おお、これは面白い」

プリュプリュと流れ出るのが楽しいのか、際限なくポンプを押し続けるので、貴琉はとうとう「そこまで」とストップを掛けた。

「ちょっとでいいんですよ。ああ、どんだけ出すんですか」

半分以上中身がなくなってしまったボトルを見て嘆いている貴琉に、ジウが「すまなんだ」と謝る。

「楽しくてつい……」

掌いっぱいにボディソープを乗せたジウがシュンとしている。

「いいですよ。予備がまだありますから」

目新しいものになんでも興味を持ち、夢中になってしまうのが、本当に子どものようで、貴琉はジウを笑って許してやり、「洗ってくれるんでしょう？」と言った。

「せっかくこんなに出したんだから、念入りにお願いします」

「分かった」

ボディーソープをたっぷりと塗り、ジウが甲斐甲斐《かいがい》しく貴琉の身体を洗ってくれる。うなじから肩、胸へとジウの手が動く。人に身体を洗ってもらうのなんか、幼児の頃以来で恥ずかしい上に、洗ってくれている人がとても綺麗なので、なんだか変な気分だ。

「……っ、ええと、そこはいいですから」

胸の先っちょをクリクリと指で擦られて、思わず変な声が出そうになり、慌ててそう言うと、ジウは「何故だ？」と首を傾げながら指を離さないので困ってしまう。

「……なんだ。粒が育ってきたぞ。蠟梅《ろうばい》の蕾《つぼみ》のようだ。可愛いらしいな」

そう言って指先でコチョコチョと弄るので、「やだって……ば」と、腰を引いて逃げた。ジウにとっては貴琉の身体も珍しいおもちゃなのかもしれないが、触られるこちらは堪ったものではない。

石鹸を乗せていてもジウの指先は乾いていて、感覚がおかしい。自分でもそんなところを念入りに洗ったことがないのに、他人の手で触られ、腰の辺りがウズウズして、非常に恥ずかしい。

「もう、そこはいいですから。ジウ、手を離して」

楽しそうに貴琉の乳首を弄っているジウに必死に懇願すると、ジウがようやく指を離してくれたので、ホッとしたのもつかの間、今度は腕を上げられて脇の下を撫でてきて、擽《くすぐ》ったさに悶絶させられる羽目になった。

「ちょ……ジウ、擽ったい、止めて、止めて」

身体をくねらせながら逃げる貴琉を、ジウの腕が追ってくる。

「こら、逃げるな」

「だって、だって、くすぐ……ぎゃははは」

狭いお風呂場は逃げ場がなく、貴琉は壁のタイルに貼り付いて、擽らせまいと防御する。後ろからジウの手が伸びてきて、またもや脇を擽られ、笑いながらズリズリと床に尻をついた。

「もう、ジウは全然洗う気ないでしょう」

「そんなことはない。懸命に洗っているぞ」

「うそ」

「本当だ」

床にペッタリと座り込んでいる貴琉の背中をゆっくりと撫でながら、「ほら、大人しく洗わせなさい」と大人のように言ってくるのがまた可笑しくて笑う。狭いお風呂場に二人の笑い声が反響した。

ヒーヒーと息を継いでいる貴琉の背中をジウが洗っている、というか、石鹸を塗りたくって撫で回している。

「これ、恩返しになっているんでしょうか」

こっちがサービスを受けている気分だ。

貴琉の言葉に、ジウがキョトンとした顔をする。遊ぶことに夢中で、何も考えていなかったらしい。

「さて、なっているのではないか？　私を喜ばせろと言っただろう？」

「言ってましたね。じゃあ、ジウは今喜んでいるんですか？」

貴琉の問いに、ジウは例の花のような笑みを浮かべ、それが答えになる。

「さあ、もっと私を喜ばせろ」

「ちょ、……今度は何？」

無理やりジウのほうを向かされ、左足を持ち上げられる。

「下のほうも私が洗ってやる」

「っ、いいですから！　そこは自分でっ」

片足を高く持ち上げられたあられもない恰好をさせられて、今度こそ本気で慌てた。遠慮のないジウのことだ。どんな悪戯をされるのか。それに、そんなところをこの不思議な感触の指で触られたら、大変なことになってしまいそうだ。

「遠慮せずともよい。ほれ、暴れるな」

「うう、……ううううう」

身体を捩って逃げようとしても足をしっかりと摑まれているから動けない。ジウの手が、貴琉の太腿《ふともも》を撫でてきた。

ヌルリとしたボディソープと、ジウの乾いた掌が合わさった感触は、今まで経験したことのないものだ。

観念して目をギュッと閉じる。

洗ってもらうだけ。それだけ。どうか身体が反応しませんようにと神に祈るが自信がない。

腿を擦っていた手が下りていき、ふくらはぎに辿り着いたとき、その動きがピタリと止まった。

「何……？」

目を開けると、ジウがじっと貴琉の足を見つめていた。視線を追って、貴琉も目を移す。

左のふくらはぎにある古傷を、ジウが眺めている。

くるぶしからふくらはぎの中程まで縦に走る傷は、貴琉が小さい頃に負ったものだ。怪我をしたときの記憶はないが、けっこう深く切ったようで、二十歳になった今でも残っている。

赤黒い線に沿ってツ……とジウの指が滑っていく。

「……不憫《ふびん》なことだ」

眉を寄せ、痛ましげな顔をしたジウが、貴琉の傷を撫でて言う。

「なんともないですよ。ずっと昔の傷だし、気にもしていなかった」

怪我の記憶も痛みに苦しんだ覚えもない。子どもの頃は身体が小さかったので、傷は今よりももっと大きかったが、からかわれたことは一度もなく、普段は傷があることすら忘れていた。

「そうか」

傷を眺めていたジウが近づいてくる。摑んでいる足首をそっと引き寄せ、ジウが貴琉の傷痕に唇を押しつけてきた。

「あ、……っ、ジウ、なに……、ぁ」

突然のことに驚いて引こうとした足を再び捕らえられ、くるぶしからふくらはぎへと、唇が滑っていく。両手で貴琉の左足を覆い、額をくっつけ、頰ずりをし、また唇を押しつける。

キスというより、懺悔《ざんげ》をしているようなジウの行為を、貴琉は何も言えずにただ眺めている。

指と同じ、ジウの唇もさらりと乾いていた。赤黒い傷の上を桜色の唇が這っていき、チロリと舌で舐められる。

色の薄いジウの身体の中で、舌だけが鮮やかな赤色をしていた。


頰に何かが触れ、貴琉は目を覚ました。

ひんやりとしたものが頰を掠め、濡れた感触がしたのだが、触ってみるとなんともない。

そういえば昨日バイトの帰り道でもこんなことがあったよなと思いながら天井を見上げている貴琉の視界に、ジウが入ってきた。白い顔に切れ長の黒い瞳が貴琉を見下ろしている。長い銀髪は、昨日貴琉があげたミサンガで一つに纏められていた。

「起きたか」

声を聞きながら、今貴琉の頬に触れたのはジウの手だったのかと気が付く。

「貴琉。どうした。まだ睡眠を貪るのか？　もう日が高いぞ。起きろ」

ぼうっとしている貴琉に焦れたような声を出し、ジウが手を差し伸べてくる。反射的に掴んだ掌は、やはりしっとりと湿っていた。

グイと引き上げられて身体を起こした。睡眠をとらないジウは、貴琉が寝ていた間、よほど退屈だったらしく、楽しそうに腕をグイグイ引っ張ってくる。

「朝でも活動できるんですね」

起きたての貴琉に比べ、元気はつらつなジウの様子に、やっぱり幽霊ではないな、なんて思っている貴琉の顔を、ジウが笑顔で覗き込んできた。

「さあ、貴琉。今日は何をして遊ぼうか」

まるで子どものような誘い文句に貴琉が笑うと、ジウも目を細めた。

「遊ぶっていっても、僕は今日大学があるし、バイトも……」

「学校か。ではそこへ行こう。貴琉の学ぶ姿を見てみたい」

「え、ジウも大学に一緒に行くの？」

驚く貴琉にジウは「もちろんだ」と大きく頷く。

「けど、部外者は教室には入れませんよ？　それに、外を歩くのは……」

人の姿をしていても、ジウの恰好はやはり普通とは違う。着物も長い髪もそうだし、何より容貌の美しさが人離れしている。そんなジウを連れて歩いたら、大学へ着く前に大騒ぎになってしまうだろう。

貴琉の懸念に、ジウはあっけらかんと「問題なかろう」と言う。

「姿を消しておれば誰の目につくこともない。私はただ、おまえの側でおまえと共に行動するだけだ」

空を飛べ、ドアをすり抜けられるジウは、姿も自在に消せるらしい。

「それならまあ……大丈夫か」

「ああ、何も心配はない」

「便利ですね。空を飛べたり、姿を消せたり。他には何ができるんですか？」

「ああ、今はもうそれぐらいのことしかできなんだ」

「今は？　前はもっといろいろなことができたんですか？　どんな？」

ジウは遠くを見つめ、「そうだな……」と考える素振りをする。

「何だったかな。とにかくいろいろなことができた……ような気がする」

曖昧な答えに「なんだ」と笑うと、ジウも笑った。

「だいぶ昔のことなのでな。忘れてしまった。それよりも貴琉、出掛けようではないか。おまえの学校に」

「あ、いえ。今すぐは行きませんよ。今日は二限目からだし。ご飯も食べないと」

「そうか。朝食か。貴琉が作るのか？　見せてくれ」

ホクホクした顔で、台所へ向かう貴琉に一緒についてくる。

豆腐とわかめの味噌《みそ》汁に、目玉焼きとウインナーを焼いている貴琉の隣で、「手際がいいな」「その粉はなんだ」と、いちいち聞いてきて、貴琉もその都度律儀に「ありがとうございます」「これは黒胡椒《こしょう》です」と答えた。

目玉焼きを二つ作り、味噌汁も二人分をよそい、ダイニングテーブルに運んだ。二人分の朝食が用意されたテーブルを見て、ジウが目を見張る。昨日もハンバーグを食べてみるかと差しだしたときに、同じ顔をして驚いていた。

そして、これも昨日と同じ、花が咲くような笑みを浮かべ、「これは私の分か？」と言った。

「はい。一緒に食べましょう。空腹感はなくても食べられるんでしょう？　簡単なものですけど」

昨日と同じ貴琉の向かいの席に着き、ジウが並べられた料理を眺める。貴琉が「いただきます」と箸を取ってもジウは動かず、自分のために用意された朝食に見入っている。

冷めますよと貴琉に促されてようやく箸を取り、そっと汁椀に口をつけた。一口含み、また花のように笑う。

「美味いな。とても美味い」

「や、出汁《だし》は顆粒《かりゅう》のインスタントだし、豆腐も切って入れただけなので」

お粗末な料理なのに感激したような声を出され、恐縮してしまう。ジウは次には焼いただけの目玉焼きを口に入れ、これも「美味い」と言い、綺麗な箸さばきで次々と口に運んでいる。

「貴琉の手料理を食べられるとは思わなんだ。いい土産ができた」

「土産？」

「ああ、思い出という土産だ。得がたい土産だ。ありがたい」

ジウの大袈裟《おおげさ》な言葉に笑い、「これぐらいならいつでも」と言ってあげた。

「今は一人なので料理もサボっちゃってますけど、割となんでも作りますよ。そうだ。夕飯はカレーを作りましょうか。食べたかったたって言ってたじゃないですか」

昨日頑張って食べきったばかりのカレーだが、それでもいいと思った。カレーなら他の料理よりも失敗が少ないし、何より残念がっていたジウに食べてもらいたい。

貴琉の提案にジウは一瞬目を見開き、それから笑みを作った。だけどさっきの花が咲くような鮮やかなものではなく、なんとなく寂しそうな笑顔に見える。

「そんなに次々と楽しいことを提案してくれるな。ここを去りがたくなるではないか」

「じゃあ、もう少し長くここにいたらいい話でしょう？　すぐに出ていくことばかり言わないでください」

退屈凌ぎで街を浮遊していたのだ。今日が明日になってもどうということもないと思うのに、ジウがグズグズと迷っている。

「まあ、帰ってきてから考えましょうか。急ぐ用事がないんなら、カレーを食べてからでもいいと思いますけどね。期限があるわけじゃないんだし、僕のほうは本当に構いませんから」

遠慮はなしで、と念を押すと、ジウが今度は薄日が差すような仄《ほの》かな笑みを浮かべ、「そうだな。あとで考えようか」と言い、汁椀に口をつけた。


風もないのに教科書がペラペラとページを捲っていく。次にはペンケースに入れてある三色のボールペンがカシャカシャと音を立て、机に広げているノートに線を引き始める。

色の出るボールペンが面白いのか、赤、青、黒と順番に色を変え、三本の線の上にグルグルと渦巻きを作っていた。

悪戯をしないでと叱りたいが、声を出すわけにもいかず、貴琉は勝手にノートに落書きをするボールペンをペンケースに仕舞い、教科書のページを戻した。

貴琉と一緒に大学にやってきたジウは、本人が言ったとおりに姿を消していて、貴琉にも見えない。だけど悪戯をしてくるのでここにいるのは分かっていた。

講師の説明が全然耳に入らない。見えないジウが次に何をやらかすか、気が気でないのだ。

持っているシャーペンでトントン、とノートを叩いたあと、『お願い。じっとしてて』と書いてみた。ふわっと髪に何かが触れ、それから静かになる。一瞬安堵したが、そうなると今度はジウが何処にいるのかが分からなくなり、やっぱり講師の声が耳に入らなくなる貴琉だった。

九十分の講義がようやく終わり、貴琉は教室を出た。校舎の隅まで行き、人気《ひとけ》のないことを確かめた貴琉は、ごく小さな声で「ジウ……？」と呼び掛けてみた。

「なんだ？　貴琉」

斜め上のほうからジウの声が聞こえてくる。教室からここまで、一緒についてきてくれたことに安心し、ほう、と溜息が漏れる。

「よかった。ちゃんといた。途中から静かになって、何処かへ行っちゃったかと思いました」

「そんなことはしない。私はおまえの学ぶ姿を見たかったのだから。少し注意散漫だったぞ。もう少し気を入れて勉学に励め」

人のノートに悪戯三昧をしていたくせに、ジウがそんなことを言う。

「あの教師の講釈はなかなか面白かった。あれは日本史というやつだな」

貴琉は大学で文学部の史学科に入っていて、二年次になってからは日本史を選択していた。

「歴史が好きなのか？」

「そうですね。昔から歴史ドキュメントを観たり、小説も歴史物が多かったです。まあ、そんなにたいした志があったわけじゃないですが、もっといろいろ知りたいなって思って」

理系よりは文系が得意だったし、その中で選んだのが史学だ。それも戦国史などではなく、民話や神話、昔の人々の暮らしに興味があった。年次が上がったら、郷土史や歴史文化の方面へ行くつもりだ。何をしたいか、将来何になりたいかという希望はまだ漠然としているが、今はただ知識を得たいと思っている。

「知りたいことがあるのはよいことだ。おまえには明るい未来があるのだから。知りたいことをとことん学べばよい」

ジウの励ましに、貴琉も笑って頷く。

廊下の向こう側から人がやってくるのが見え、貴琉は場所を移動することにした。今日は午後にもう一限講義を受ける予定がある。

「食堂に行きます。もうお昼だし」

広い大学の構内には食堂施設が五つあり、貴琉はその中で一番広い学食に行くことにした。やってくる学生の数も多いが、とにかく広いので相席になることが滅多になく、尚且つ選べる食事の種類が多い。

目当ての学食に行くと、お昼時ということもあり、やはり混んでいた。メニューを選び、食券を買って、カウンターに並ぶ。今日の日替わりランチは焼き鳥丼だったので、それにした。食券を買うときに、頭の上から「ほう」と感心したような声が聞こえたのが可笑しかった。

空いている席に着き、早速焼き鳥丼に箸を伸ばす。甘いタレが鶏肉に絡み、肉も軟らかくて美味い。

「食べさせてあげたいけど……」

焼き鳥が突然空中で消えるのを他の学生に見られたらまずいので、それは無理だ。

「なに、気にするな。おまえが美味しそうに食べるのを見るだけで楽しいぞ」

食べている貴琉のすぐ横からジウの声がした。姿は見えないが、隣の席に座っているらしい。

近くに人がいたら慌てるところだが、幸い貴琉の周りには誰もいなかった。学食は大勢の学生でざわついているから、声も聞こえないだろう。窓際に近い席に人気があり、人が集中している。他も数人が固まって昼食を楽しんでおり、貴琉に注目する人もいない。

「貴琉、私に構わず、おまえも友人と食べていいぞ」

隅っこの席で一人で食べている貴琉を案じたのか、ジウがそんな気遣いをする。

「私は黙っているから、いつものように過ごしてほしい」

「いつもこんな感じですよ。大丈夫です」

お気遣いなくという貴琉に、「友人がいないのか……?」と、切ない声を出すので焼き鳥を噴き出しそうになってしまった。

「いますよ、僕だって。食べたら自由に過ごしたいので、一人でいるだけです」

教室にすぐに戻りたかったり、用事があるときもあるし、一人でぼうっとしたいときだってある。誘われて一緒に食事をとることもあるが、そのあとダラダラと雑談をして、時間を潰すのが苦手なだけだ。

「確かに社交的なタイプではないですけどね。孤高を保っているってわけでもないです。一人が好きなのはそうですけど」

「特に親しい友人はいないのか？」

ジウの問いに「あー……」と天井を見上げて考えていると、別の方向から「あの……」と、声を掛けられた。

声のほうへ顔を向けると、男の学生が貴琉を見下ろしていた。見覚えのない顔に、なんだろうと首を傾げる。

「ええと、名前は忘れちゃったんだけど、たぶん俺、君を知ってる」

向かいの席に座った学生がそう言い、「それ」と貴琉の髪を指した。

「ああ、これ」

派手というほどではないが、貴琉のこの髪は目立つ。何処かで些細なやり取りでもあり、自分に覚えがなくても、向こうは覚えているのだろうと合点した。

「何処かで会いましたっけ」

メッシュの入った髪を触りながら貴琉が言うと、彼は「うん」と頷き、「俺、君と同じ小学校だったんだよ」と言った。

「え？　そうなの？」

もう一度目の前にいる学生の顔を見てみるが、やっぱりまるで見覚えがない。

「……ごめん。まったく覚えてないや」

貴琉が正直に言うと、彼は「そうだろうね」と笑った。

「学年違ってたから。俺は一年上。白永町《はくえいちょう》の新明《しんめい》小学校。君は途中で転校しちゃったし、覚えてないのも当たり前だよ」

「……ああ、ああ。白永町。そうだった。僕、そこに住んでいたんだよ、そういえば」

彼の挙げた地名は、貴琉がほんの半年ほど、親の都合で預けられていたところだった。

「なんだよ。忘れてたのか」

「いや、忘れていたわけじゃないけど、いた期間が短かったから。まさかそのときの知り合いにここで会えるとは思わなかった」

名前を出されてすぐにピンとこなかったのは、幼かったこともあるし、半年という短い期間だったこともある。それに、その後怒濤《どとう》の生活の変化が訪れたから、すっかり記憶の隅に追いやられていたのだ。

共働きだった貴琉の両親は、だいぶ前から育児や家事の負担割合、生活時間のすれ違いなどの問題があり、貴琉は一時期母方の祖父母の家に預けられていた。あの頃の父は出張が多く、また母も忙しかった。

保育園に通っていた貴琉が小学校へ上がると、逆に下校時間が早くなり、夫婦共、貴琉の面倒を見るのが困難になってしまった。それで祖父母の家に預けられ、そこから小学校へ通っていたのだ。

貴琉の父と母の間には、その頃時間的なすれ違いの他にもいろいろと問題があり、その調整と話し合いのための期間でもあったのだが、それはずっとあとに聞いた話だ。

「ほら、転校する前、君の……えぇと」

「あ、穂波です」

「そう、穂波くんだ。君のあの事件、有名だったろう？」

——神隠し。

そう言って彼は、貴琉の白くなった髪へ視線を移した。

学校から帰り、遊びに出掛けた貴琉はそのまま姿を消し、捜索隊が出る騒ぎとなり、一週間後に近くの山で救助された。足に怪我をしており、そして髪の毛の一部が白くなった状態で発見されたのだ。

祖父母の住む白永町は、住民がほとんど顔見知りという山間部にある小さな町だ。そんな狭い地域で、誰にも姿を見られることなく忽然といなくなった。発見された山にも、捜索隊は幾度も入っていた。人海戦術でくまなく探したにもかかわらず貴琉は見つからず、そして、消えたときと同じようにして、忽然《こつぜん》と現れた。

「あのあと、穂波くんちょっとした有名人みたいになっててさ。何しろ大騒ぎだっただろ？　それに、髪がほら……、俺も何度か教室に見に行ったんだよな」

「そうだったよね。凄く騒がれた。でも僕は何も覚えていなくて、それも騒ぎになっちゃったんだよね……」

貴琉が発見されたとき、深く眠っていたらしく、そのまま病院に運ばれた。足の怪我以外には何処にも異常はなく、だけど何も覚えていない。誰かに連れて行かれたのか、どうやって一週間を過ごしたのか、いろいろと質問されても、何も答えられなかったのだ。

貴琉が行方不明になったと聞き、父と母も飛んできた。目が覚めたときには二人とも病室の枕元にいて、抱き締められたことを覚えている。

貴琉の失踪の真相も、その間どうしていたのかも、貴琉自身を含め、今も誰も分からない。その後、貴琉は両親のもとへ戻った。白永町では有名になりすぎてしまっていたし、また、記憶がないとはいえ、失踪が貴琉自ら起こした行動だとしたら、祖父母の家に一人預けられたことが原因の一つではないかと、周りの大人は考えたらしい。

両親のもとへ戻り、しばらくは三人で暮らしていたのだが、結局夫婦は離婚してしまった。二人の間でどのような話し合いがあったのか、貴琉は聞かされていない。ある日、今日からお父さんと二人で暮らすんだよと言われ、それからずっとその生活が続いている。

「学校で君を見てさ、あ、あのときの子だってすぐに分かったよ。でも俺のことは知らないだろうし、声掛けるにも、『髪見て分かった』なんて言われたら気分悪いかなって」

狭い地域での子どもの行方不明事件はセンセーショナルだったし、その上見つかったときの貴琉の変貌は、周りにかなりの衝撃を与え、何処へ行っても人の目がついてきた。彼はそのときのことを知っていたから、貴琉に話し掛けるのを躊躇《ちゅうちょ》していたのだ。

「そんなことないよ。全然気にしていないから」

「そうか。ならよかった。ほら、先週の台風のことがあったからさ、それで声掛けてみたんだ」

「台風？」

聞き返す貴琉に、彼は目を見開き、「知らねえの？」と言った。

「先週大型の台風が来るってニュースで騒いでただろ？　日本縦断するかもって」

「ああ、そういえばあったね、そんなニュース。え？　もしかしてあの町が被害に遭ったんだ？」

縦断するといわれていた台風は、結局は掠っていった程度だったが、一部の地域に多少の被害が出たことはニュースで観た。土砂災害や床下浸水があったが、死者や怪我人は出ていなかったはずだ。

「そう。建物や人の被害はそんなでもなかったんだけどな。前から警告出てたし、そっちは大丈夫だったんだけどさ。土砂崩れ起こしたのが、穂波くんが見つかった山でさ」

「あ、……そうなんだ」

数年に亙《わた》り、何度か繰り返された地震と大雨などで、徐々に地盤が崩れていた山は、先の台風でとうとう大きな地崩れを起こし、山の三分の一ほども削れてしまったらしい。もともと危険区域に指定されており、すでにあの周辺には集落もなくなっていたそうだ。

「ニュースは観てたけど、あの町だとは知らなかった。あそこにはもう、知り合いが誰も住んでいないし」

祖母は数年前に亡くなっており、祖父は母の兄が引き取ることになり、あの町を去ったと聞いた。さっき町の名を言われたときも、ピンとこなかったぐらいだ。流し観をしたニュースで聞いても、何も引っ掛からなかったのも仕方がない。

「町の様子も変わったよ。覚えていないかな」

神隠しと騒がれ、一週間近く過ごしただろう山は、今はもう形も変わり、いずれ崩れ去っていくのかもしれない。

「俺も中学のときに引っ越したんだ。だいぶ過疎が進んでたから」

「そうなんだ……」

「あれから俺も一度も行ってないし、穂波くんは？」

「ない」

「そうか。まあでも、被害はそんなくらいだし、穂波くんも親戚いなかったんだったら、よかったよな」

「うん。そうだね」

「誰か同級生で連絡とってる奴とかいる？」

「あー、……いないな」

「そうか。まあ、ちょっとの期間だったもんな」

一つ学年が上だと言っていた彼は、それからしばらく白永町の小学校のことを話し、やがて他の学生に呼ばれ、席を立っていった。

「……びっくりした。こんなところであの頃の僕を知っている人に会うなんて」

彼が去っていく後ろ姿を見送りながら、貴琉はボンヤリと呟いた。

半年間過ごした小さな町の記憶は、あまり残っていない。祖父母の顔ぐらいは覚えているが、同級生や教師、近所の人たちのことは、まったくといっていいほど覚えていなかった。自分がどんなふうに過ごし、学校へ通い、誰と何をして遊んでいたのか、何も思い出はなかった。

だけどあの山が崩れたと聞いた瞬間、ああ、あの子はどうしているだろうと、ふとそんな思いが過った。

「誰か、よく遊んだ子でもいたのかな……」

記憶を手繰り寄せようと試みるが、薄い靄《もや》が掛かったように、何も見えてこない。

あの子って誰のことだったろうと思いながら、貴琉は自分の髪の白い部分を触っていた。

「貴琉……」

不意にすぐ側から声が聞こえ、貴琉はジウがいたことを思いだし、ハッと顔を上げた。

「ごめん。ジウのこと忘れてた」

「いや、いいのだが。昔の知り合いだったようだな」

「うん。というか、向こうが一方的に知ってたってだけですけどね。驚きました。彼は、僕がずっと小さい頃に少しだけ住んでいた町の人でね、僕はそこで……」

「その髪のせいなのか？」

「え？」

白永町のことを説明しようとした貴琉の声を遮り、ジウが聞いた。

「その髪のせいで、おまえは友人ができなかったのか？」

さっき貴琉に友だちはいないのかと聞いたときのような、切ない声を出して、ジウが貴琉の孤独を憂う。

「周りの者と違う髪の色を持ち、虐《いじ》められたのか？」

「ないですよ」

「こうして一緒に食事をとる友人も持てなんだか。……不憫な」

可哀想にと湿った声を出すジウに、貴琉は噴いてしまった。

「やだなあ。友だちいますってば」

「しかし……」

「本当です。そりゃ、連むのは得意じゃないし、一人でいるのが好きですけどね。別に寂しくないです。虚勢じゃなくて」

孤独を感じたことはなく、一人でいても寂しいと思ったこともない。ジウは心配するが、貴琉にだって友だちは大勢いる。頼まれごともよくされるし、一方的に嫌われたり、悪意をぶつけられて傷ついたりした覚えもない。

ただ、親友とか、恋人とか、自分にとって唯一と呼べる人を持たなかったのも確かだ。誰とでもなんとなく仲良くできるが、誰とも深くは付き合ってこなかった。

それは、あの神隠しの事件が関係していることも少しはあるかもしれない。事件当時は皆腫れ物に触るように貴琉を扱ったし、いなくなっていた時期の記憶が自分にないという不安もあった。

「あの時期は、遠巻きにされたり、珍しがられたり、転校したりもあったので、そういうのが少しは影響してるのかもしれないですけど」

「ずっと一人は寂しかろう」

「寂しくないですよ。だって……」

だって、もういらないと思うのだ。

「んーと、どう言えばいいのか、僕はこのままが自然で、満たされてる……のかな？　よく分からないけど」

自分でもよく分からないから、言葉にして説明はできないが、ジウが憂うような寂しさはまったくない。

「本当、虐められたりなんかしていませんよ。まあ、髪のことは、時々からかわれたりはしましたけどね。黒マジック持って追い掛けられたり」

「そんな惨《むご》いことを……」

「全然平気ですよ。だって僕は、この髪が気に入っているんですから。新しい学校に転校したとき、学校側から染めていいよって許可をもらっても、染めなかったくらい、好きなんです」

黒くしてもいいという提案は、虐めに発展するのを危惧したためのものだったが、貴琉はそれを断った。からかいの対象にはなっても、暴力などの酷い虐めはなかったし、自分のこの髪がとても気に入っていたからだ。

「もっとも、中学、高校と、今度は強制的に染めろって言われてね、あのときのほうが嫌だったな」

自然に入ったメッシュはそうとは認められず、校則違反だと言われたのだ。別におしゃれで色を入れているのではないと説明したが、聞いてもらえず、仕方なく従った。

お気に入りの色を消してしまうのは残念だったが、学校を敵に回してまで主張するほどの反抗心は持っていない。生意気な生徒だと目を付けられるのは面倒だし、粋がっているなんて思われるのも嫌だった。

「だから大学に入って、戻したんです」

「そうなのか」

「そう。凄く気に入っている。周りにも似合うって言われるんですよ。似合わない、かな」

白い房を指で撫でながら貴琉が聞くと、ジウが「とても似合う」と即答し、貴琉はニッコリと笑った。

「ジウの髪の色も好き。そういえば、ちょっと似てるかな。僕のはここだけだけど」

ジウのように豊かな銀髪ではないが、色合いは似ていると思った。色の抜けたその部分を摘み、「ジウとお揃い」と言ったら、見えないはずのジウの周りが、一瞬ふわん、と光ったような気がした。


入れる野菜は玉葱《たまねぎ》と人参とじゃがいも、肉は豚肉、味付けは市販のルー二種類という、ごくオーソドックスなカレーが貴琉の家での定番だ。

これは母が作ってくれていたもので、遡《さかのぼ》れば母の母、貴琉の祖母のものと同じだった。両親と離れて白永町に滞在している間もよく出された。お母さんのとおんなじ味だ、と思ったことを覚えている。

たまには材料を変えてみたり、テレビ番組や店を真似て味付けをしてみたりもしたが、やはり慣れ親しんだ味が一番美味しいと思う。

大学の帰りに買い物をして、夕飯に間に合うようにとこれを作っている。

アルバイトはシフトを替わってもらった。昨日ビールを差し入れてくれた学生に連絡をしたら、快く了承してくれた。昨日は社交辞令のつもりで、いつか頼むよと言ったものだが、こんなに早くにお願いすることになるとは、貴琉も思っていなかった。

ジウは相変わらず料理をしている貴琉の隣で、興味津々に観察している。「たくさんの材料を使うのだな」「なかなかの包丁さばきだ」と、楽しそうに感想を述べていた。

出来上がったカレーをダイニングテーブルに運ぶと、ジウはホクホクとした顔で席に着いた。

「ああ……。これがカレーか」

目の前に置かれたカレーを眺め、ジウが感慨無量という声を出す。

「大袈裟な。え？　カレー好きなんですよね？」

「ああ、大好きだ」

満面の笑みを浮かべ、ジウが大きく頷く。

「そうですよね。まるで初めて食べるみたいなリアクションだったから」

「食べるのは初めてだぞ」

「今、カレー好きだって言いましたよね」

「好きだ。大好きだ」

「ちょっと、言っていることが矛盾してますよ、ジウ」

「貴琉。まだ食べてはいけないのか？　私はいつまでおあずけをされるのだろう。ああ、貴琉」

焦れた声を出し、椅子の上でバウンドしている。

「じゃあ、食べましょうか」

二人で「いただきます」と声を合わせ、スプーンを取った。

「美味い！」

一口食べたジウが叫び、貴琉は笑った。

「お代わりしてくださいね」

今日も大量に作ってしまったから、また数日はカレーが続くなと苦笑する。

昨日の朝、惰性で片付けたカレーを次の日にはもう口にしている。しばらくは勘弁と思っていたのに、凄く美味しく感じるのはどういうわけなんだろう。

目の前ではジウが嬉しそうにカレーを頬張っている。人ではない妖で、見た目も異常に綺麗なのに、人間っぽくてなんだか可愛い。

「こんなに美味いカレーは未だかつて食べたことがない」

「カレーを食べたことがないんですよね？」

「ないな」

「なんだ。もう」

言うことがおかしいと、笑う貴琉を見つめ、ジウも満面の笑みを浮かべている。

「カレーもハンバーグも、味噌汁も目玉焼きも、すべて初めて口にした。この世は美味いものに溢《あふ》れているな」

「そうですね。他にも美味しいものは世の中にたくさんありますよ。お刺身とか、唐揚げとか、あ、今日の焼き鳥丼も美味しかったんですよ。食べさせてあげたかったたな」

「そうか。それは食べてみたかった」

「明日はどうしましょうか。カレーもまだたくさんあるけど……、何かリクエストありますか？

こういうの食べてみたいっていうの」

ジウが目を細め、貴琉を見つめる。

「あ、お刺身はどうです？　晩酌のおつまみに。主食はやっぱりカレーになっちゃうけど。だって、大量に作っちゃったから僕一人じゃ食べきれませんよ。ジウにも手伝ってもらわないと」

昨日と同じように、明日の献立を並べ、ジウをここに引き留める。

「今週はもう僕もバイトがないし、明日も明後日も、ずっとゆっくりしていったらいいです。いろいろな食べ物を食べて、何処かへ行ってみましょうか。案内しますよ。悪戯はしちゃ駄目ですけどね」

「貴琉」

だって、ジウがあの寂しそうな笑みを浮かべて、ここにはいられないと、無言で語ってくるからだ。

「一人だと料理もほら、あんまり作る気にもならなくて。ジウが美味しそうに食べてくれるから、僕も作り甲斐があるし」

行く当てはないと、気まぐれで街へ出たのだと言っていたのに、どうしてそんなにすぐに出ていこうとするのかと思ってしまう。

「お刺身も、一人だと何種類も買えないんですよ、食べきれないから。ジウがいてくれたら食べられるのにな」

貴琉に恩を返せと言ったのに。貴琉の家で、貴琉と一緒に過ごし、こんなに楽しそうなのに。

「……刺身か。干物なら食べたことがある。磯《いそ》の香りがして美味だった。遠い昔のことだが」

遠くを見るような目をして、ジウが大昔に口にした干物のことを語った。

「じゃあ、干物とお刺身と、お魚三昧にしましょうか。僕もここ最近肉ばっかり食べていたから。魚、いいですね」

「酒も飲めるか？　あれは酒によく合うからな」

酒好きのジウが目を輝かせて言った。

「いいですよ。それだとやっぱり日本酒かな。じゃあ、明日買いに行きましょう」

「ああ、そうするか」

明日の約束を取り付けて、貴琉は安心して、カレーのスプーンを持ち直した。

よかったと思う。

明日もジウはここにいてくれる。

自作のカレーを口に運びながら、日本酒とお刺身の次には、どうやってジウの興味を引いて彼を引き留めようかと、そんなことばかりを考えていた。


大学の帰り、自宅のある駅前の酒店で、貴琉は日本酒を選んでいた。

父はビールか焼酎派で、貴琉も普段は飲むことがないので、日本酒に関してはまるで知識がない。甘口とか辛口とか言われるが、貴琉にとってはどれも酒の味で、アルコール度が高いという認識しか持っていなかった。

「美味しいのってどれだろうな……」

「貴琉、私は酒ならなんでもいけるぞ」

ズラリと並んだ日本酒の瓶の前で迷っている貴琉の隣で、ジウの明るい声が聞こえた。

「酒は水の美味い土地で造られるものだからな。その土地の水の味がする」

「へえ、そうなんですか」

「何処の土地のものでも美味いものだ。もともとの水が美味いのだからな」

ラベルの貼られた瓶の下には、造られた地方と「スッキリした味わい」とか「まろやかな」などの味の説明書きが付いている。

どれでもいけるというなら、取りあえずはパッと目に付いたものを選んでみるかと、並べられているラベルを見比べ、ふとその中の一つに目が留まった。

「あ、これ……」

『白麗《はくれい》』と書かれたそれは、母方の祖父母の家に預けられていたとき、祖父が晩酌で飲んでいたものと似ていると思ったのだ。下にある説明書きを読んでみると、確かに白永町のある県の銘柄だった。

「貴琉、それに決めたのか？」

「はい。これ、僕が昔いたところの土地で造られたお酒みたいです」

「……ほう」

一升瓶を手に取り、ラベルを確かめてみる。あの頃はまだ難しい漢字は読めなくて、「白」の字しか分からなかったが、なんとなく文字の形で覚えていたものだ。

「確かにこれだと思います。ラベルを見るまで祖父が日本酒を飲んでいたことも忘れていた。そういえば、あの辺は酒どころだったような気がする。いつも台所に二、三本置いてあって、祖父が自分で居間に運んで飲んでいたんですよ」

夕飯のときにも、貴琉と祖母がご飯を食べている横で、おかずをつまみにチビチビ飲んでいた姿が思い出される。近所の人が訪ねてきて酒盛りになり、この酒がテーブルの上にドンと置いてあった光景が浮かんできた。

白永町で過ごした出来事はもうほとんど覚えていないと思っていたのだが、日本酒のラベル一枚をきっかけに、次々とあの頃の情景が思い出される。

昨日大学の学食で、同じ小学校出身だと言って声を掛けてきた学生もそうだが、白永町との縁が、再び繋がってきたようだ。

「楽しみですね。あの辺は山が多いから、きっと水も美味しいですよ。ジウに僕の故郷のお酒を飲んでもらえるなんて、なんだか嬉しいです。あ、故郷っていっても、ほんの一時期預けられてたってだけですけど」

「そんなことはない。故郷とは、たとえ一時期でもおまえが心を置いた場所のことをいうのだから。貴琉の故郷の酒が飲めるとは、私もとても楽しみだ」

手に取った一升瓶を買い求め、次には刺身を買いに鮮魚店へ向かった。父が仕事帰りによく買ってきてくれるので、貴琉もその店を知っていた。旬のものをその場でさばいてくれ、スーパーのパックよりも新鮮で美味しいのだ。

店主に今日のお勧めを聞き、三種類の刺身と貝、それからゲソと鯵《あじ》の干物を二尾買い求め、帰路に就く。

「ずいぶんたくさん買い求めたのだな。酒も重いだろう。小瓶でもよかったのだぞ？」

姿を消しているジウは、荷物を持つことができないので、貴琉が全部持つことになり、恐縮しているようだ。

「これくらい平気ですよ。だってジウはたくさん飲むでしょ？　小瓶だとすぐになくなっちゃうし、どうせなら一升瓶のほうが割安になります」

ジウの気遣いに貴琉は笑ってそう言った。

「美味しいといいですね」

「不味いはずがなかろう。私が保証しよう」

機嫌のいい声を聞きながら、今日は貴琉も晩酌しようと思っていた。酒の味は分からないが、ジウと一緒ならきっと美味しく感じるはずだ。

「いろいろな銘柄のお酒を飲んでみたいですね。酒屋さんにもいっぱい並んでいたし。凄い数だった」

重い一升瓶を無理して購入したのは、これがある間はジウが出ていかないだろうと思ったからだ。カレーと同じ、責任を持って全部飲みきるまで家に滞在してと言うつもりだ。

目的を持たないと言っていたジウは、長逗留《ながとうりゅう》するつもりもないらしく、貴琉が引き留めようとすると、一瞬困った顔をする。

遠慮なんかいらないと思うのに、だけど遠慮だけではないような気もするのだ。

貴琉の強引ともいえる勧誘に、最後は諦めたように乗ってくれて、それなのにとても楽しそうに貴琉と一緒にいてくれるから、また引き留めてしまう。どうしてなのかは自分でもよく分からないが、この人ではない妖と一緒にいると、貴琉はとても楽しくて、なんだか安心もするのだ。

行く当てがないのならいつまでもいてくれてもいいと思う。父が帰ってきてからも、ジウは姿を消せるのだからかまわないんじゃないかとまで考えた。

「ジウ……」

「ん？　なんだ？」

姿が見えないのが不安でジウを呼んだら、すぐに返事をくれてホッとする。

「お刺身、久し振りなので楽しみです」

「そうか。私も楽しみだ」

道を歩きながら独り言のように喋る貴琉を、すれ違う人がギョッとしたような顔をして振り返った。ジウと一緒にこうして歩くのに慣れてしまい、自分が今異常な状況にいるということを忘れてしまう。

ジウに助けられたあの夜から、まだたった三日しか経っていないのに、自分の適応の速さに笑ってしまう。それぐらいジウと一緒にいることが、貴琉にとって自然なことになっていた。

「ジウ」

「どうした。荷物が重いか？」

「いいえ。ただ……」

「ただ？」

一緒に歩いていても、姿が見えないから、知らないうちにいなくなっていたらどうしようと不安になってしまう。

「今度、洋服を買いませんか？　ジウの」

「私の洋服をか？」

「そう。そうしたら、ジウは姿を現したまま、僕と一緒に歩けるでしょう？」

美貌は隠しようがないが、髪を纏め、帽子を被れば、なんとかなるかもしれない。

「そしたら荷物も持ってもらえるし、一緒に遊べますよ」

貴琉の提案に、ジウがしばらく沈黙した。

「買い物も一緒にできるし、二人で何処かへ行きませんか？　遊園地とか、水族館とか、……って、デートの誘いみたい」

貴琉の呟きに、「……でーと」と、ジウが反芻する。

「貴琉とデートか。それはしてみたいな」

「いや、デートっていうか、二人で遊びに行きたいなって」

「デートか……、貴琉とデート」

「だから、デートじゃないですけど。でも、どうです？　この案」

デート、デートと呟いている透明のジウが、やがて「やってみようか」と、言ってくれた。


家に帰り着き、貴琉はゲソと干物を炙《あぶ》り、その間に刺身を皿に盛り付けた。忙しく動き回っている貴琉の隣では、相変わらずジウがホクホクとした様子で見守っている。

「ああ、香ばしい好い香りがしてきた。もうすぐか？　貴琉」

「はい、ちょっと待ってくださいね。あとちょっと」

待ちきれないというように、貴琉のあとをついて回るのが犬のようだ。

日本酒は別の器に三分の一ほどを移し、冷蔵庫で冷やしてある。酒屋の人に聞いたら、この「白麗」という酒は、常温よりもほんの少しだけ冷やした状態が一番美味いからと教えてもらったのだ。

「日本酒の『冷や』って、常温のことをいうんだそうですよ。こうやって冷蔵庫で十度ぐらいに冷やす飲み方は『花冷《はなび》え』って言うんですって」

酒屋の受け売りを説明すると、ジウは感心したように頷き、「風流な呼び名だな」と言った。

盛り付けた刺身の皿をテーブルに運ぼうとして、どうせなら、縁側で食べようかと思いついた。今日は天気もよく、月も綺麗に見えるだろう。

ジウにも手伝ってもらい、料理の載った皿と酒を縁側に運ぶ。

小さな庭にはシラカシと金木犀《きんもくせい》の木が植えてあり、どちらも花を付けてはいないが、大きく枝を広げていた。父も貴琉も植物の世話は億劫なので、他には何も植えてはいないが、時々風が運んでくる種が芽を出し、勝手に花を咲かせることがある。今も名前の分からない紫色の小さな花が、雑草に交じって咲いていた。

空にある月は先日よりも少し太った十日夜だ。明るい月の光が庭をほんのりと照らしている。

折りたたみ式の小さなテーブルを運んできて、料理とグラスを置いた。

テーブルを挟んで座り、二人とも庭を向いた状態で乾杯をする。

「美しいぐい呑みだ」

ガラスでできたぐい呑みは、父が出張先で買ってきた切り子グラスだった。ジウがそれを月に翳《かざ》す。透明な液体の入ったガラスの器が光を反射させ、キラキラと輝いた。

しばらくそのまま光るグラスを眺め、静かにそれを口に運ぶ。コクリと喉が動き、「……ああ」と、深く柔らかい溜息を吐き、微笑した。

ジウの見せる一連の動作が美しく、貴琉は息をするのも忘れ、その姿に見入っていた。

「美味しいですか」

「ああ、とても美味い」

グラスに浮かぶ酒を愛しそうに眺め、「本当に美味い」と言って目を細める。

気に入ってもらえたようでよかったと思い、貴琉も日本酒を飲んでみた。スイ、と軽く喉を通る酒は清々しく、貴琉にもとても美味しく感じた。

「……本当だ。凄く美味しい」

貴琉の声にジウが微笑み、「そうだろう?」と、得意げに言うのが可笑しい。

「祖父がほとんど毎日これを飲んでいたんですよ。あの頃はそんなに美味しいものなのかな、って不思議に思っていました」

自分に縁のある土地の酒に出会えたのが嬉しくて、貴琉はその頃の話をジウに聞かせた。

「祖父は台所に置いていたのをそのまま飲んでいたけど。なんだ、『花冷え』を教えてあげたかったたな。もっと美味しく飲めたのに」

「寒い地方であれば、台所に置いておけば冷えるのではないか」

「そうか。だからいつも台所に置いていたのかも。冬場は割と寒い地方だったから。そういえば、炬燵《こたつ》に入っていても、お酒を燗《かん》にして飲むことはなかったな」

「酒飲みは、自ずと自分の好みの飲み方を知っているものだ」

「そうですよね」

炬燵にみんなで入り、みかんを食べている貴琉の前で、やはりぐい呑みで白麗をチビチビとやっていた祖父の姿を思い出す。

「昨日、僕に話し掛けてきた人がいたでしょう。同じ白永町の出身だったたって」

「ああ、貴琉はまったく覚えていないと言って、彼は困っていた」

「そう。申し訳ないことをした。でも、あれがきっかけで、なんかいろいろと思い出してきて」

「そうか」

「あそこに預けられていたのは、半年ぐらいだったんですけど、あの頃、よく遊んだ子がいたんですよね。……なんて子だったたっけな」

思い出そうとしている貴琉の横で、ジウが静かに日本酒を飲んでいた。

「凄く気が合って、一緒に遊んでいて楽しかった覚えがあるんだけど、全然思い出せない」

「そうか。それは残念だな」

「本当、残念ですよ。今会ってもきっと気が合うと思うんです。会ってみたいなあ」

その子と遊ぶのが凄く楽しかった記憶がある。楽しくて、満たされていて、だからもう、あれ以上のものはいらないような気がしていたのだ。

「小学校の校庭も広くて、あの辺もすぐ裏に山があったな。どんぐり拾いとかして遊んだ」

「子どもの頃の貴琉はさぞや愛くるしかっただろうな」

「そうでもないですよ。割とやんちゃで、よく祖母に叱られました。一人で山に入っちゃ駄目だって言われてたのに、秘密基地を作るんだって、家から材料だの食料だの持ち出して」

たぶん、仲のよかったその子と作ろうと相談したんだろうと思う。毛布やお菓子をリュックに詰めて、学校が終われば飛び出していき、休みの日になれば一日中山で遊んでいた。

「危険だから、奥には絶対に行くなって言われていたんですよ。山の奥には大蛇が住んでいて、僕ぐらいの大きさだと、一呑みにされるぞって、よく脅かされました」

大昔の白永町には、龍蛇神信仰があり、山を護るとされていた。それが時と共に廃《すた》れ、様々な尾ひれのついた民話に進化していったもので、祖母は更にそこに独自の話を盛り込んで、貴琉に言って聞かせていた。

「山に無断で入って大蛇の縄張りを荒らすと、沼に引きずり込まれて、そのまま食べられちゃうんだぞって」

今なら貴琉を山に行かせないための脅しだと分かるが、あの頃は本気で怖がったものだ。よく入っていた山の中腹には小さな沼があり、その辺は昔地崩れを起こしたらしく、とても危険な場所だったのだ。

「怖さ半分、好奇心半分で、探検に行ったりして。でも、やっぱり沼の近くまでは行けなかったな。足下も悪かったし、だからいつも下のほうで遊んでいたんですけどね」

叱られても脅されてもめげずに山に遊びに行き、挙げ句に行方不明事件を起こした。たぶん迷子になってしまったのだろうが、その辺はよく覚えていない。よほど怖い目に遭ったんじゃないかと、酷く叱られることなく終わっている。

「昨日の彼も言ってたけど、過疎が進んじゃって、今は僕がいた頃よりももっと寂れているみたいです。この前の台風でも被害を受けて、だいぶ地形も変わっちゃったらしくて」

今は親戚もなく、町の名前を出されてもピンとこなかったくらいなのに、話しているうちにどんどん記憶が蘇《よみがえ》り、今はあの町が懐かしい。

崩れてしまった山は今どんな状態なのだろう。貴琉の会いたいあの子は、今どうしているんだろう。

幼少の頃に思いを馳せている貴琉の、テーブルを挟んだ隣では、ジウが酒を飲んでいた。手酌をしているのを見て、それを取り上げ、グラスに注いであげる。

「お刺身、美味しいですね。ジウも食べてみて」

用意した酒の肴《さかな》を二人でつまむ。ゲソは香ばしく、干物はふっくらとして、お刺身も瑞々しく、ジウは一つ一つ丁寧に味わい、口にするたびに感嘆の声を上げ、嬉しそうに微笑む。

「いい夜だ」

空に浮かぶ十日夜の月を見上げ、ジウが言った。

「このような機会を持てるとは思わなんだ」

月に照らされたジウの横顔が青白く光っていた。透き通るようなその姿は美しく、だけどそのまま消えてなくなりそうで、怖くなった。

「もっと楽しいことはこれからもたくさんありますよ。お酒もまだたくさんあるし、なくなったら、また別の銘柄を買って飲みましょう」

貴琉の提案に、ジウは何も言わずグラスを口に運んでいる。

「これだけつまみを食べたら、今日はもうカレーは入んないですよね。カレーは明日に回しましょうか。一回は火を入れておかないと……」

カレーの心配をしている貴琉に、ジウが「貴琉、側にいってもいいか?」と聞いてきた。

唐突に言われ、え、と顔を上げると、ジウが窺《うかが》うような顔で貴琉を見つめてきた。

「……え、と。いいですよ」

返事が終わる前にふわりとジウの身体が浮き、貴琉の横に降り立った。身体を寄せるようにして、隣にジウが座る。夜風に晒されたジウの身体はひんやりとしていた。

「おまえの身体は温かいな」

ピッタリとくっついて座っている貴琉の顔を覗き、ジウが笑った。

「お酒が回ってきたのかな。ちょっと暑いくらいです。ジウが冷えているから気持ちがいい」

「ではもっと凭れてこい。冷やしてやるから」

回された腕で引き寄せられ、ジウに凭れ掛かる。すぐ近くにジウの顔が見えた。いつもと同じ、ほんのりと桜色の唇が、笑みの形を作っている。

うっとりと見上げ、欲しいな……と思った。

桜色の柔らかそうな唇にキスがしたい。

少し首を伸ばせば届きそうなそれをじっと見つめていると、ジウも貴琉を見つめ、優しい顔で目を細めた。

「私の顔が映っている」

貴琉の目を覗き、嬉しそうに笑っているジウの目を貴琉も覗いた。

「ジウの目にも僕が映ってる……」

瞳に映る自分の顔は、見たこともないくらいにトロンと蕩けていて、貴琉は慌てて下を向いた。

「どうした？　貴琉」

ジウとキスがしたいだなどと、なんて恥ずかしいことを考えてしまったんだろう。

思い浮かべてしまった映像を消すために、グラスを口に運ぶ。心臓がバクバクし、耳が熱かった。

「おお、いい飲みっぷりだな、貴琉」

一気に日本酒を流し込んだ貴琉を見て、ジウも豪快にグラスを空ける。「……ああ」と満足そうな溜息を吐き、「美味いな」と再び目を覗いてきた。無邪気な笑顔に毒気を抜かれ、貴琉も笑みを零した。

触れている場所から貴琉の体温が移っていき、ジウの身体がじんわりと温かくなっている。

「ジウも温まってきましたよ」

「そうか」

本当に変温だ……と考え、ジウをマッサージしていたときのやり取りを思い出した。自分は蛇とは違うと、憤然としていたことを思い出し、ふふ、と笑いが漏れる。

「どうした。楽しいことを考えたのか?」

ジウにくっついたままクスクスと笑っている貴琉を覗き込むジウも笑っている。楽しいことが大好きなジウが、自分にもそれを分けろと覗き込んでくるのが可笑しくて、可愛い。

「ええ、楽しいです」

「どんな楽しいことを考えたのだ?」

「そうですねえ。いろいろ」

「なんだ。いろいろとは。具体的なことを教えろ」

言葉を濁す貴琉に、ジウがちゃんと言えとせっついてくる。

「明日は何をして遊ぼうかなって考えていました」

子どものような顔をして覗き込んでくるジウを見上げ、貴琉も笑顔を作る。

「まずは洋服を買うでしょう。どんなのにしましょうか」

「そうだな。私は何も分からんから、貴琉に任せるよ」

ジウならどんな恰好をさせても似合いそうだ。

「洋服を買って着替えたら、そのまま出掛けましょう」

「デートか」

キラキラした瞳を覗かせてジウが言い、貴琉は笑いながら頷いた。

「ええ、デートですね。何処に行こうかな。ジウは何処に行きたい？」

「何処でも。貴琉が連れて行ってくれるなら、何処でも楽しいよ」

空いたグラスに酒を注ぎながら、ジウが本当に楽しそうに笑う。

「えー、僕にばかり決めさせるのは駄目です。ジウも考えて」

「そうか。どうしようか……」

ジウが月を仰ぎ、明日の計画を考える素振りをする。

「ちゃんと考えてくださいよ」

「ああ、真剣に考えているぞ」

そう言って手にしたグラスをゆっくりと揺らし、口に運んでいる。スッキリとした横顔が、機

嫌よさそうに笑んでいた。

「ね、ジウ」

「なんだ？」

明日もこの縁側で、ジウとこうしてお酒を飲みたい。明後日も同じように二人で次の日の計画を立てたい。

月はどんどん太り、あと少ししたら満月になるだろう。そのときもこうやってジウに寄り添い、二人で月を眺めていたい。そして今みたいにジウと明日の約束を交わしたい。

「明日は何して遊ぶ？」

貴琉の問いに、ジウの笑みの表情が一瞬止まり、それがじわじわと崩れていく。目尻に皺《しわ》が寄り、黒々とした瞳が細められ、唇の端が大きく横に引かれていった。

「そうだな。何をして遊ぼうか」

十日夜の月の光に映る真っ白な妖は、笑っているのに泣き出しそうな、とても不思議な顔をしていた。

学校の帰り。貴琉は大学の駅近くにあるジーンズショップで買い物をしていた。

「そろそろ肌寒くなるから、ジャケットも必要か。シャツも何枚か欲しいですよね」

「貴琉、そんなにたくさんはいらないぞ？　寒さも私には関係がないから、気にせずともよい」

「駄目ですよ。周りがジャケットを着ている中、一人半袖っていうわけにもいかないでしょ？　ちゃんと季節に合わせなきゃ」

店内に吊り下げてあるジャケットの一枚を手にし、何もない空間にそれを翳す。

「どう？　大きさは合いそうですか？」

周りから見れば、貴琉一人が商品を吟味しながらブツブツと独り言を言っているように見えるのだろう。遠巻きにしている店員が、見て見ぬ振りをしながらも、チラチラとこちらを気にしているのが窺えた。

広い店内は、平日の昼過ぎということもあり、客もまばらだ。ここは貴琉が大学へ入ってから普段着を買うのにたまに覗く店で、値段がリーズナブルな上に、こっちから呼ばない限り、店員が声を掛けてくることがなく、ゆっくり買い物ができるので気に入っている。

「ああ、たぶん大丈夫だと思うが」

「見えないから合わせるのが難しいですね。やっぱり一回着てみないと」

腕に掛けていた長袖のシャツとジーンズと一緒に、ジャケットも持って試着室へ向かう。

カーテンを開け、持ってきた商品をその中へ置いた。カーテンを閉めてしばらく待っていると、「……貴琉」と中から声がして、再びカーテンを開ける。

「あ、凄く似合います」

Vネックの長袖シャツに細身のジーンズを穿いたジウが不安そうな顔をして立っていた。

「どうだろうか。現代の服装は着けたことがないのでな」

「いいですよ。とても似合ってます。サイズもピッタリだ。よかった」

いつもの着物姿のジウも優美だが、洋服を着こなしたジウは思っていた以上に恰好良くて、貴琉は思わず見惚れた。

「じゃあ、このセットをこのまま買いましょう。ジャケットも羽織ってみて」

「うむ……」

たどたどしい仕草でジャケットを着るジウを貴琉も手伝う。先に購入しておいた靴も履かせ、出来上がりだ。

「モデルみたい」

「よう分からんが、しかし貴琉、こんなにたくさん……お高いのではないか?」

ジウをコーディネートして悦に入っている貴琉に対し、ジウは貴琉の財布の中身を心配していた。

「大丈夫ですよ。アルバイトしていますから。それに、全部そんなに高いものじゃないです。気にしないで」

店員を呼び、このまま着ていくからと、その場で値札を外してもらう。店内で商品を見ているときには貴琉一人のようだったのに、突然ジウが試着室から現れたので、店員が驚いていた。だけどジウの人並み外れた美貌に、それ以上に驚いたようで、茫然としたまま服についた値札を取り、レジで精算している間にも、ジウに視線を寄越しては頬を赤らめ、またチラリと盗み見るということを繰り返す。

服と一緒に帽子も買って、すべてを着けたまま店を出た。長い髪を一つに結わえているのは、貴琉があげたミサンガだ。

すれ違う人がハッとした顔をして、ジウを振り返る。

「……何処かおかしいか？」

大きな身体を貴琉に寄り添わせるようにして、ジウが自信なさそうに耳打ちしてきた。

「皆がこちらを見てくるようだ。やはり姿を映して表を歩くのは、私には無理なのではないか？」

「何処もおかしくないですよ」

「しかし、……貴琉も一緒に奇異な目で見られるぞ？」

優しい妖は、自分が一緒にいることで、貴琉まで変な目で見られるのではないかと気にしてくれるのだ。

「そんなことないですって。ジウがあんまり綺麗だからみんな驚いているんです」

「そうか……？」

疑わしげな眼差しを送られ、「本当ですよ」と念を押した。

「僕もそう思います。ジウ、凄く恰好良い。自信を持って」

貴琉の太鼓判に、今度は機嫌のいい顔になり、「そうか」と笑顔になるのが可愛い。

誰もが振り返るような並外れた容貌を持つジウを連れているのが誇らしいような、他の人に見せるのが勿体ないような、複雑な気持ちだ。

「じゃあ、何処へ行きましょうか。ジウ、行きたいところを考えてくれました？」

外の世界で、ジウと連れだって歩きたかった。それが叶った貴琉は楽しくて仕方がない。ウキウキした声を出してジウを見上げると、ジウが困ったように眉を下げた。

「それがな、何も思いつかなんだ……」

帽子の下の顔が、申し訳なさそうにしている。

「何処へ行きたいかなど、何も思いつかない。私はこの世の何も知らず、今何が起きているのかも分からない。ただ貴琉と一緒にいて、こうしていられるだけで楽しいのだが……」

大きな身体をした美丈夫が、しおしおになって貴琉の顔を窺っている。考えておけと言われ、だけど何も思いつかなかったと、叱られた子犬のような顔をして、貴琉を見つめるのだ。

「……なんだか」

なんだろう。この気持ちは。

「貴琉、すまなんだ」

人でもなく、何者かも分からない、だけどこの上なく美しい妖が、貴琉の機嫌を窺い、貴琉の見立てた服を着て、貴琉となら何処だって楽しいという。

「僕もそうですよ。ジウといると楽しいです。謝らないで、ジウ」

そんなジウが可哀想で可愛くて、どうしようもなく愛おしいと思う。

「僕も無理を言いすぎました。そうですよね、何も分かんないですよね。僕はただ、ジウと外に出て、目に見えるジウとこうやって歩いてみたかったんです」

それが今叶っていると、貴琉が笑って言うと、ジウも貴琉に釣られるように笑顔になった。

「じゃあ、このまま散歩しましょうか。それで、途中で行きたくなったところへ行ってみるっていうのはどうですか？」

「ああ、いいな」

「お店を覗いたり、美味しいものを食べたり」

「おお、それはいい考えだ」

駅までの道を、ウインドウショッピングをしながら二人並んで歩いて行く。

背の高いジウは、歩いているだけでもとても目立つ。帽子の下にある端整な顔と、長い銀髪は隠しようもなく、やっぱり道行く人が振り返ったけれど、ジウはもう情けない顔を作ることはなく、貴琉にずっと笑顔を向けていた。

スタンドカフェに入り、二人でお茶をする。貴琉はカフェラテで、ジウには抹茶のラテを注文した。ラテアートが施されているカップを見て、ジウが目を丸くする。

「見ろ、貴琉。花の絵が浮いている」

「ええ、ここはいろいろな絵を描いてくれるみたいですよ。僕も入ったのは初めてです。綺麗ですね」

ジウのカップにはハート形が重なった薔薇《ばら》の模様が描いてあり、貴琉は四つ葉のクローバーだった。

「壊すのが惜しいようだ。香りもいいな」

花の絵の浮かんだカップをしげしげと眺め、それからそっと口に運んだ。

「……甘い。香りはまさしく抹茶なのに、思いもよらない味がする」

一口飲んだジウが、また驚愕の表情をして貴琉を見る。

「好きな味でした？」

「ああ、とても美味い。この世は美しいもの、美味いものに満ちているな」

ジウの笑顔に貴琉も満足して、幸福の四つ葉のクローバーに口をつけた。

ラテと一緒に運ばれてきたサンドイッチを頬張ったジウが、これにも絶大な賛辞を送り、喜んでいる。

何処へ連れて行っても、何をしても、ジウは全力で喜んでくれる。そんなジウを見ているのは貴琉も楽しく、もっと二人でいろいろなところへ行き、楽しいことをたくさん体験したいと、サンドイッチにかぶりついているジウを見ながら思った。

カフェを出て、またしばらく並んで歩く。花屋の前を通り過ぎるとき、ジウが薔薇の花を見つけ、声を上げた。

「貴琉、先ほどの花と同じものがある」

足を止めて花屋を覗き、いろいろな花の名前を二人で読み上げ、これが好き、あれも可愛いと感想を言い合う。

「貴琉の家の庭にも可愛らしい花が咲いていたな」

「ああ、家で植えたわけじゃないんですけどね。種が飛んできて芽が出たみたい。僕も父さんもほったらかしだから、知らないうちに木が生えてて、実がついたりします」

「それは楽しいことだ」

「はい。春はけっこう賑やかになりますよ。気が付くと色とりどりの花が咲いてたりして」

「ほう。それも楽しみだな。次の春にはどのような景色になるのか」

「ジウも見に来たらいいですよ。あの縁側で、今度は花見酒をしましょう」

「ああ、それはとても素敵な提案だな。春の庭か。是非見てみたい」

柔らかい笑みを乗せ、ジウが言った。

花屋を通り過ぎ、次には公園に行った。大学へ行く途中によく通っていた公園だったが、中に入ってみると存外に広く、小さな池もあり、亀と鯉がいた。

売店に甘酒を売っていて、ジウが飲みたいというので買ってあげた。池のほとりのベンチに座り、二人で甘酒を飲む。

犬を連れて散歩をしている人や、ベビーカーを押している人もいた。静かな平日の夕方だ。

ジウは貴琉の隣に座り、美味しそうに甘酒を飲んでいる。綺麗な横顔を眺めていたら、ジウがこっちを向いて、「美味しい」と笑顔をくれた。

本当にデートをしているみたいだ。

「穏やかな夕暮れだ。心地好い」

「そうですね。ジウ……？」

「なんだ？」

「楽しいですか？」

「ああ、楽しいぞ」

聞けば必ずそう答えてくれると知っていて、わざと聞いている。貴琉といると楽しいと、そう言って向けてくれる笑顔を見たくて、何度も聞いてしまうのだ。

「僕も」

何もしなくても、二人でいるだけで楽しい。

経験はないけれど、こういう気持ちを貴琉は知っていた。

人ではない、何処から来たかも分からない、だけど貴琉といると楽しいと、美しい笑顔を見せてくれるこの妖のことが、自分はとても好きなのだ。

死にそうなところを助けられ、家に押しかけられ、こうして今一緒にいる。

出会ってからまだ四日しか経っていないのに、ずっと昔から知っていたような錯覚さえ覚えるほど、ジウといると安心して、満たされる。

隣に座っているジウにそっと手を伸ばし、冷たい指先に触ってみる。ジウがどうした？　という顔をして貴琉の目を覗いてきた。

貴琉は何も言わず、白い手を握った。ジウの手はいつものようにしっとりと湿っていて、冷たかった指先が、貴琉の体温を吸うように、だんだんと熱を帯びてくる。

貴琉に手を握られても、ジウは何もせず、じっとしたままだ。

「手を……繋いでみたかったから」

貴琉の言葉に、ジウがふっくらと笑い、「ああ、いいぞ」と言って、自分からも握り返してくれた。

秋の夕暮れ、公園のベンチで好きな人と手を繋いで、甘酒を飲んでいる。

……人じゃないけど。

自分の考えたことが可笑しくて、クスリと笑ったら、案の定ジウが「なんだ？　楽しいことを考えたか？」と聞いてきた。

「うん。とっても楽しいこと」

「なんだ。私にも教えろ」

「秘密です」

笑いながらそう答える貴琉に、ジウが不満そうに唇を尖らせる。

「今日はカレーを片付けないとなって思って」

「そうか。手伝うぞ。貴琉のカレーは美味いからな」

「ジウは何を食べたって『美味い！』って言うじゃないですか」

「美味いのだから仕方がない。だが、貴琉のカレーは一番美味いぞ」

「他のカレーに比べて？」

「そうだ」

「他のカレーを食べたことがないのに？」

「そうだ。貴琉のカレーがいっとう美味いことを、私は知っているからな」

ジウが自信満々に言い、貴琉は喉を転がして笑った。

カレーを食べるために帰ることにして、二人でベンチを後にした。

「夕飯はカレーにするとして、晩酌のアテはどうしましょうか」

「そうだな。どうしようか」

「あんまり重いものだとカレーが入らなくなっちゃうから、軽いもので。チーズとか、漬物とか」

「ああ、漬物は好きだ。チーズは食べたことがないな。美味いのか？」

「どうでしょう。初めてだとクセがあるかな。日本酒だったら、やっぱり漬物のほうがいいかも。帰りにスーパーに寄って帰りましょう」

「そうしよう」

二人で夕飯の相談をしながら公園の中を歩く。

「だが、チーズというものも、私は食べてみたいぞ、貴琉」

「じゃあ、両方買いましょうか」

歩いている二人の手は、繋がれたままだった。


今週はずっと晴天が続いていたが、週末の土曜には午後から雨が降り出していた。

ジウと出会って五日目の夜、貴琉はコンビニのアルバイトを終え、店を出てきたところだ。

本当は明日の日曜までバイトはないはずなのだが、急遽頼まれてしまったのだ。水曜日に貴琉とシフトを替わってくれた学生が、今日どうしても抜けられない用事があるからと、連絡をしてきた。そうなると、明日の日曜と二日連続の勤務になり、迷った末、貴琉は結局承諾した。

ジウと一緒の生活が続くのなら、今日、明日の時間を惜しんでも、バイトを辞めない限り、同じだと思ったからだ。ジウも自分のために生活のサイクルを変えるのはいけないと言っていたし、貴琉も今のアルバイトを辞めるつもりはなかった。

欲しいものがいっぱいある。ジウに新しい服も買ってあげたいし、いろいろな場所に出掛け、食べ歩きもしたかった。旅行に行くのもいいなと、頭の中で計画をしている。

傘を差し、片手にコンビニの袋をぶら下げて、夜の道を歩いている。電車のほうが早いので、今日は歩かずに電車を使うことにして、駅へと急いでいた。早くジウに会いたい。

今日は夕飯の支度ができなかったから、ジウと二人でコンビニ弁当だ。お握りとオムハヤシと唐揚げ、サラダも買ってある。ジウに好きなほうを選ばせるか、二人でシェアして食べたらいいとも思った。

ジウのことだ。何を口にしても「美味い！」と叫んで喜ぶだろう。

コンビニから出てしばらく歩いたところで「貴琉」と、名前を呼ばれた。外灯の下、ジウの白い姿が浮かび上がる。

傘を持ったまま走って行くと、ジウが笑顔で貴琉を出迎えてくれた。

「迎えにきてくれたんですか」

「ああ。ちょいと遊びにきた」

「雨なのに、わざわざすみません」

「なに、私に天候は関係ないのでな」

ジウは雨に打たれても濡れないまま、貴琉を見下ろしている。

貴琉と同じように、少しでも早く会いたいと思ってくれたのかなと思い、嬉しくなる。

「今日は電車で帰ろうと思っていたんですが、じゃあ、歩いて帰りましょうか」

「いいのか？　私はかまわんぞ。おまえの楽なほうでいい」

「僕もどちらでも。あっちの道へ行くと、ジウが僕を助けてくれた道路に出ますよ」

「そうか。ではそこへ行ってみようか」

夜の道は暗く、おまけに雨も降っているので、今ジウは姿を現したまま、貴琉の横を歩いている。着物姿のまま雨の道を歩くジウは、ちょっと幽霊っぽい。

「人が来たら、すぐに姿を消すんですよ」

「ああ、大丈夫だ。抜かりはない」

呑気な声でジウが太鼓判を捺す。油断は大敵だが、もともと人通りの少ない道だ。貴琉も姿の見えるジウと連れだって歩くことができるのは、楽しい。

「どうせなら、洋服を着て出掛けてきたらよかったですね」

「ああ、そうか。考えなかった」

「今度迎えに来てくれるときは、そうしたらいいですよ」

「そうだな。次にはそうしよう」

二人で雨の道を散歩しながら歩いて行く。

「家に帰ったら、今日もレポートの続きをするのだろう？」

「はい。明後日が提出日だから、頑張って仕上げないと」

「そうか。精進せい」

「今日は邪魔をしないでくださいね」

「邪魔などしていないぞ。静かに見守っているだけではないか」

「そうですけど……」

部屋で机に向かっている貴琉の側にピッタリとくっつき、まさに微動だにせずに見守られ、やりにくいことこの上ない。キーボードを打つ手元をじっと見つめられ、考え事をして打つ手が止まれば「どうした？」と心配される。

休憩を取ろうとお茶を淹れに台所に行ってもついてくるし、一人で晩酌をしていてもいいですよと促しても、側にいると言って離れない。

ひとときも離れがたいような素振りを見せられ、苦笑しながら擽ったい気持ちにもさせられる。貴琉の側が心地好いと言い、何処へでも一緒に行き、行動を共にしようとする。

「ジウ、あそこですよ。もうすぐジウが僕を拾い上げてくれた大きい道路に出ます」

「ああ、そうだな。あの道だった」

車の行き来する音が聞こえてきた。バシャバシャと、タイヤが水を弾く音がだんだんと近づいてくる。

「おまえはあの道路で、向かってくるトラックの前で茫然としていた。そこを私がヒョイと拾い上げたのだった」

「そうでした。何が起こったのか分からなくて、僕、自分が死んじゃったって思ったんです」

「ああ、おまえは驚いた顔をして、私の名を聞いた。そして私はおまえの家に行き、おまえとこうして過ごしている」

雨降りの中、ジウの声が晴れ晴れとしていた。

「楽しかったぞ、貴琉」

「そうですね。僕も楽しいです。ジウは次に何をするのか分からなくて、ハラハラさせられもしましたけど。悪戯もずいぶんされたし」

貴琉の言葉に、ジウが大きな笑顔を作った。

「電気のスイッチを点けたり消したり、ノートに落書きをしたり」

「ああ、あの三色ボールペンは気に入りだ。すらすらと色がでる。あれはよい発明品だな」

電子レンジやテレビよりも、三色ボールペンをありがたがるのが可笑しい。

やがてジウと出会った幹線道路の横断歩道に辿り着いた。

相変わらず車の量は多く、雨に濡れた道路をヘッドライトが照らし、大きな水飛沫を上げながら、左右に行き来していた。

「ここですね。五日前、僕はここでジウに助けてもらった」

たったの五日前。あのときにはこんな生活が待っていようとは思ってもいなかった。

ジウに拾われ、ジウと過ごし、貴琉は今、ジウに恋をしている。

一緒にいると楽しくて、いつもジウのことを考えている。笑顔を向けられれば嬉しくて、喜ぶ顔を見ればもっといろいろしてあげたくなる。

優しくて無邪気なジウが大好きだ。

「貴琉、飛ぼうか」

「え？」

聞き返す間もなく、身体が宙に浮いた。

「うわ……っ！」

傘を持ったままジウに抱き上げられ、空を飛んでいる。足下には車の群れ。すぐ横にジウの笑顔があった。

「もう。急にびっくりするじゃないですか」

怒った声を出す貴琉に、ジウはまったく悪びれることなく、「このまま帰ろう」と言った。

ジウの胸に抱かれ、雨の中、空中を散歩する。

濡れることのないジウは、降る雨にお構いなしに飛んでいくので、傘がまったく役に立たず、貴琉は諦めて傘を畳んだ。顔に雨が当たるし、服も髪もびしょ濡れだ。

自分を運んでいるジウの着物は乾いていて、触れている部分が温かい。夜の闇になびく髪は、銀色に輝いていて、今日も貴琉のあげたミサンガで結ばれている。

飛びながら笑っているジウは、凄く楽しそうだった。

貴琉はジウの白い顔に腕を伸ばし、頬に触れた。そこはやっぱり濡れていなくて、さらさらと乾いている。

頬を触られたジウが貴琉を見つめ、「どうした？」と聞いた。

「だって、僕だけずぶ濡れで、ジウは全然濡れていないから、狡いと思って」

濡れた手を滑らせながら貴琉が言うと、ジウは「そうか。それはすまなんだ」と言って、貴琉の身体を強く抱き締め、雨から隠すようにしてくれた。

「これで濡れないか？」

「うん。大丈夫。……ジウ？」

「なんだ？」

貴琉を抱いたままのジウが、いつものように優しい笑顔で貴琉の顔を覗いてくる。

すぐ近くにあるジウの顔に、自分から寄り添って、白く冷たい頬に、そっと唇を押しつけた。

「どうした？　貴琉」

現世のことに疎いジウは、貴琉のしたことの意味が分からないらしく、キョトンとしている。

手を繋いだときもそうだった。

突然お風呂場にやってきたときも、焦る貴琉の心情も知らず、石鹸で遊び、貴琉の身体を撫で回していた。

真っ白で綺麗なジウは、心の中まで真っ白な、無垢《むく》な妖なのだろう。

「……キス」

貴琉の言葉に、ジウが純真な目を向け「きすとは？」と聞いてくる。

「好きな人に、したくなるもの……です」

ジウの胸の中で首を竦め、小さくなりながら答えた。

「貴琉は私が好きで、きすというものをしたくなったということか」

「そう……。ジウが好きだから、キスがしたくなった」

雨の中、ジウの胸で雨宿りをしながら、告白する。

空の何処まで高く飛んでいるのか、よく分からない。サラサラと雨の音が聞こえるけれど、触れている頬も、自分を抱いている腕も濡れていなくて、ほんのりと温かかった。

「貴琉」

声が聞こえ、ほんの少し顔を上げたら、ジウがこめかみにキスをしてきた。

驚いている貴琉の目を覗き、ジウが嬉しそうに笑っている。

「ここにしてもいいのか？」

貴琉を真似て頬にしようと思ったが、失敗したらしい。

「貴琉が首を竦めているから、頬まで届かなんだ」

そう言って抱き寄せ、もう一度今度はおでこにキスをくれた。

「ここでもいいか？」

耳、瞼、髪の毛と、そこらじゅうにジウがキスをする。

いつかお風呂場で、貴琉の足の傷にもこんなふうにキスをされたことがあった。だけどあのときの苦しそうな行為とは違い、ジウは今、とても嬉しそうに貴琉にキスの雨を降らせていた。

好きだからキスをしたいと言った貴琉の言葉を聞き、ジウがキスをしている。

「ジウ……」

それは、ジウも貴琉と同じ気持ちでいるということだ。

「ジウ」

おでこに唇を押しつけているジウの首を抱き、引き寄せた。目の前に見える切れ長の目が、嬉しそうに細まり、桜色の唇から白い歯が零れ見える。

「ジウ」

名を呼びながら、自分からも近づいていった。笑みの形を作っているそれに、自分の唇をそっと重ねる。

「……ん」

唇にキスをもらったジウの目が一瞬大きく見開き、それからゆっくりと閉じていった。

ジウの唇は、貴琉の体温でほんのりと温まり、とても柔らかく、やっぱり乾いている。

「ジウが好き……」

唇を合わせたまま貴琉が言うと、離れないままのジウの唇が笑った。

「ああ、私もだよ、貴琉」

ジウの声が嬉しくて、首に回した腕でギュッと抱き締め、唇を強く押しつける。

呼吸の合間に好き、と言うと、ジウが笑って私もだと答えてくれた。

——好きだよ。貴琉。ずっと、ずっと好きだったよ。

夢心地でジウの声を聞きながら、雨の夜の浮遊散歩は、長く続いた。

目覚ましが鳴り、貴琉は目を覚ました。部屋が薄暗く、空気が湿っている。昨日から降り続いている雨は、今日も止んでいないらしい。

貴琉はベッドから下り、顔を洗いに洗面所へ向かった。

昨日はけっこう夜遅くまで課題のレポートに取り組んでいたので、寝不足気味だ。鏡に映る自分の顔が、薄らぼんやりしている。

「今日はバイトか。その前にレポートを仕上げとかなくちゃ」

バイトは夕方からだが、レポートの提出が明日の月曜に迫っていた。バイトに行く前に目処をつけておかないと、と思い、貴琉は取りあえず朝食を食べて、頭をスッキリさせようと考えた。

台所に行き、冷蔵庫を開ける。チーズと漬物はあるが、すぐに食べられそうな惣菜《そうざい》が何もなかった。そういえば昨日は臨時で入ったバイトの帰りに弁当を買ってきたんだっけと思い出す。

「しょうがない。ご飯を炊くか」

父の長期出張中も自炊をしているから、料理をするのはさほど苦痛にも思わない。昨日のように突発でシフトの変更を頼まれたような日は、弁当になることもあるが、それ以外は割と頑張っていると思う。

「カレーなんか、二回も作っていたもんな」

大量に作りすぎ、しばらくはいいやなんて思っていたのに、またすぐ次の日にカレーを作っていた。どうしてそんなにカレーばかり作っていたんだろうかと、今になって首を傾げる貴琉だ。

研いだ米を炊飯器にセットし、その間に味噌汁を作る。昼もどうせ自宅で食べるのだからと、多めに作った。あとは目玉焼きと野菜炒《いた》め、冷蔵庫にある漬物でいいだろう。

朝食の算段を決め、ご飯が炊けるまでの間に少し休憩する。レポートに手をつけようかと迷ったが、まだ頭がボーッとしていて、やる気が起きなかった。

「風邪でも引いたかな。昨日雨に濡れたから」

昨日はアルバイトが終わり、電車に乗らずに歩いて帰ってきた。傘を差していたにもかかわらず、どういうわけかずぶ濡れになっていたのだ。すぐに風呂に入り、それから課題をやった。よく温まったつもりだったが、そうでもなかったのか。

頭が少々重く、なんとなくぼんやりするのは風邪のせいかと思った。

だけど動けないほど重症でもないし、今日はバイトもある。

「なんとか頑張りますか」

自分を激励し、貴琉は再び台所に立ち、味噌汁の鍋に火を点け、冷蔵庫から野菜と卵を取り出す。食べたら元気になるかもしれない。

外は雨が止む気配もなく、湿り気を帯びた空気が重い。一人で立つ台所はガランとしていて、なんとなく……寂しい。

「父さん、あと一ヶ月近くは帰ってこないんだよな」

父の長期の出張なんて今までもしょっちゅうあったし、一週間行って一日帰り、また一週間いなくなるなんてこともざらだった。

そんな生活には慣れていたし、今まで一度も寂しいなんて思ったことはない。

だけど今日に限ってなんだか心許なく、胸の奥がざわつくような、人恋しいような、言いようのない不安定な気分に陥った。

「……やっぱり具合が悪いのかな。なんか……」

よく分からない感情が込み上げてきて、貴琉は手を胸に当て、俯いた。どうしてこんな不安な気持ちになるのだろう。何かとても大切なものを、失くしてしまったような気がするのだ。

貴琉は味噌汁のガスを止め、ダイニングテーブルに腰を下ろした。目玉焼きも野菜炒めも、もう作る気にならない。

「本格的に風邪引いちゃったのかな。でも、バイトは休めないし」

店に電話をして、体調不良を訴えればなんとかなるかもしれないが、その連絡をするのも億劫だった。熱があるわけでもなく、ただなんとなく胸が塞がって、気持ちが沈むのだ。

「風邪薬呑んで、ちょっと横になろうかな」

最悪バイトを休むことになっても、レポートは仕上げなきゃならない。ダラダラして時間を浪費するより、取りあえず二、三時間でも睡眠を取ったら、復調するかもしれないと、貴琉はのろのろと立ち上がった。

冷蔵庫から出したばかりの野菜と卵を再び戻そうとして、目の端に、酒の瓶を捉えた。駅前の酒店で買い求め、ここ最近毎日少しずつ飲んでいたものだ。

「僕が一人で毎日晩酌していたなんて、父さんが聞いたら驚くだろうな」

父の晩酌に付き合っても、コップ一杯がせいぜいの貴琉だ。ビールや焼酎よりも、日本酒が好きだと言ったら、案外父も喜んで、日本酒を飲むようになるかもしれない。

他の銘柄はよく分からないが、この白麗という酒は、美味しい酒だから、父にも勧めてみようと思った。

「美味しい飲み方も教わったし。『花冷え』って、父さん知ってるかな」

父の土産の切り子のグラスに注ぎ、「風流な呼び名だな」と、あの人のように言うかもしれない。

十日夜の月にグラスを掲げ、美味しそうに飲んでいた。

「……え？　ちょっと待って」

思い出し笑いをしている自分に気付き、貴琉は愕然《がくぜん》とした。

「僕はあの酒を誰と飲んでいた？」

庭に面した縁側。月の形は半月よりも太っていた。お刺身と干物、あの酒を買ったときも貴琉は誰かと一緒にいた。

これほど美味しいカレーは食べたことがないと、貴琉の作ったカレーを頬張っていた。カレーを食べたのが初めてなのに、そんなことを言うから、貴琉は「なんだ」と言って、笑った。

「待って、……待って。誰のことだ？」

思い出そうとするのだが、相変わらず頭に靄が掛かったようになり、集中できない。

だけど自分は確かに父ではない誰かとこの家にいた。

縁側にテーブルを運んで、あの日本酒を飲み、会話を交わしていたのだ。

心臓がドクドク鳴る。何かとても大切なことを、自分は忘れている。

「なんだろう。でも、覚えている。何を……？　分かんない。どうしよう。どうしよう……」

思い出せないのに、泣きそうだ。凄く大事なものだったのに、どうして思い出せないんだろう。

「どうしよう……」

不安が募り、部屋の中を無闇に歩き回る。

雨の音が大きくなり、寂しさと不安で胸が潰れそうに痛い。

記憶の手掛かりを探して、貴琉は台所を飛び出し、縁側に立った。閉め切った窓から見えるのは、灰色に染まった粗末な庭の風景だった。

月の出ていた夜は、こんなふうには見えなかった。小さな紫の花さえ可愛らしく、春になったらもっと賑やかになると、貴琉は自慢していた。

父も自分も庭仕事には興味がなく、だけど何処かから種が飛んできて、毎年庭に花が咲く。いつもは目にも留めていない庭の風景を、綺麗だと思い、月に照らされた秋の庭を眺め、凄く幸せだった。楽しくて、満たされていて、ずっとあんな時間が続けばいいと思ったのだ。

「春の庭。……楽しみだって言ってた。花見酒しようって……」

縁側から離れ、貴琉は自分の部屋に行った。昨日のレポートが机の上にそのまま広げられている。何も考えずにクローゼットの扉を開けてみる。

「え……、これ、僕の服じゃない」

見慣れた衣服が並ぶ中、見たことのないシャツとジャケット、ジーンズが掛けてあった。

「なんで？　だって僕よりも大きい。知らない。誰の服……？」

ハンガーに掛かっている服はまだ新しくて、サイズも自分とは違う。クローゼットの隅に目を移すと、これも見覚えのない帽子が棚に収まっていた。

帽子を手に取り、考える。これを被っていた人を、貴琉は確かに知っている。

誰かと過ごした形跡がそこかしこにあるのに、肝心のその人のことが一向に思い出せなくて、貴琉は焦った。

確かにいたのに。一緒に過ごして、縁側で酒を飲み、月を眺めた。

何処へ行こうかと相談をして、何処でもいいと言っていた。貴琉と一緒なら何処だって楽しいよって、そして……。

――明日、何して遊ぶ？

甘い声。優しい眼差し。いつも笑って貴琉を見つめていた。

白くて美しい、――大好きな貴琉の妖。

「……ジウ？」

ここにいるはずの白い人がいない。毎朝寝ている貴琉の顔を覗き、起きたら今日は何をして遊ぼうかと誘ってくれた、美しい妖の姿が見当たらなかった。

「ジウ？　ねえ、ジウ、何処にいる？」

どうして忘れていたんだろう。カレーも日本酒も、ジウと一緒に食べ、飲んでいたんじゃないか。一緒に大学へ行き、バイトにも迎えに来てくれた。

昨日はジウの胸に抱かれ、空を駆けて……キスをした。

何が起こっているのか分からない。朝起きたらジウのことを忘れていて、ここ数日間を、ずっと一人で過ごしていたと錯覚していたのだ。

「ジウ、ジウ……」

部屋の中を捜し回りながら、心臓が嫌な音を立てて鳴り続けていた。

「ジウ、どうしたの？　隠れてる？　ジウ……っ、ジウ！」

叫びに近い声でジウを呼ぶが、何処からもあの飄々《ひょうひょう》とした声が聞こえてこない。

「ジウ、冗談は止めて。また悪戯？　ジウってばっ！　いい加減にしないと怒るよ」

貴琉の部屋、ジウのために布団を用意した客室、浴室、庭、玄関と、家の中をくまなく捜しても、ジウの姿は見つからない。

「ジウ……、嘘《うそ》だろ？」

消えたというのか。

貴琉に何も言わずに。

ここから出ていったというのか。

「嘘だろ？　ジウ！　出てきてよ。ジウ、……ジウ、ジウ――ッ」

外は雨が降り続いている。

裸足で庭に飛び出し大声で叫ぶが、上からは雨が降ってくるばかりで、銀髪の美しい妖は、空からも降りてきてはくれなかった。


大学、バイト先、帰り道の幹線道路、駅前の酒店、鮮魚店、二人で買い物をした店、大学近くの公園、そして家と、繰り返しジウを捜して歩き回った。周りに人がいるときには囁《ささや》き声で、誰もいない家では大声で何度も名前を呼び、出てきてほしいとお願いしたが、二日経っても、三日経っても、ジウは姿を現してくれなかった。

そして四日目の朝目覚めても、目の前にあの白い顔が覗いてくることはなく、ようやく諦めた。

ジウはいなくなってしまった。長逗留する気は最初からなかったジウだ。貴琉に引き留められてしばらくここにいたものの、貴琉との生活に飽きて、また何処か楽しい場所へと移動してしまったのだろう。

貴琉は起き出して台所へ行った。ガスコンロには昨日作ったカレーの鍋がそのまま置いてある。

「ああ、冷蔵庫に仕舞うの忘れちゃった。もうけっこう寒いから、大丈夫かな……」

コンロに火を点け、カレーを温める。お玉で鍋を掻《か》き回しながら、今日からまたカレーを食べる日々が続くと思ったら、笑えてきた。

「何やってんだろ」

貴琉の作ったカレーをことのほか喜び、一番美味いと褒めてくれたジウだから、もしかしたら匂いを嗅ぎつけて姿を現すかもしれないなんて……、思ったのだ。

レンジで温めたご飯にカレーをよそい、食卓に着く。

二種類のルーを使い、時間を掛けて煮込んだカレーはいつもと変わらず美味しかった。

「美味しくできたんだけどな……」

ジウがここにいたら、「美味い！」と叫び、大袈裟なぐらいに褒めてくれただろう。作っている間も貴琉にまとわりつき、手順を聞いてきたり、感想を言ったりしたに違いない。

諦めようと思うのに、まだ何処かにいるんじゃないか、姿を消しているだけなんじゃないかと、辺りを見回してしまう。

だけど一人きりのダイニングはシンとしたままで、皿が勝手に動くこともなく、風が頬を撫でてくることもなかった。

「本当は早く出ていきたかったのかな」

ここに滞在しろと無理を言ったのは貴琉のほうで、ジウはいつもそんな貴琉の誘いに戸惑う素振りを見せていた。

「我《わ》が儘《まま》な妖だから」

姿は人間に近くて、時々人でないことを忘れてしまうくらいに、人間臭かった。だけどやっぱりジウは妖なのだ。どんなに人間っぽく振る舞っても、所詮人の気持ちなんか理解していなかったのかもしれない。

「そうだよ。そうでなきゃ、こんな消え方はしないよ。酷いやつだ。薄情者め」

スプーンを口に運びながら、悪態を吐く。

「だいたい、ずっと居座られたら困るもの。父さんだってもうすぐ帰ってくるんだし。家にいるときに悪戯されたりしたら、そんなの気が休まらないじゃないか。言うこと聞かないし、姿を消してても話し掛けてくるし。今いなくなってよかったんだよ、きっと」

勢いよくカレーをかき込みながら、これでよかったと思い込もうとする。

たったの五日間、得体の知れない妖に取り憑かれた。それが消えてなくなっただけだ。

命を救ってもらっただけでもありがたいと思えばいい。

生活は何も変わらない。学校へ行って、バイトに行って、父が不在のこの家を守る生活が続くだけだ。

寂しいと思ったことなんか今まで一度もない。友だちだってたくさんいる。何も変わらない。

ジウと会う前に戻っただけで、すべては元通りだ。

「だって、ずっと一緒にいられるわけじゃ……ないんだから」

カレーが辛くて鼻の奥がツンとした。水を飲んで流し込む。カツカツとスプーンが皿に当たり、その音を聞いたら、突然涙が溢れた。

あの美しい妖には、もう二度と、会えない。

パタ……、とカレーの皿に涙が落ちる。それごとスプーンで掬い、口の中に押し込んだ。

噛んでいるうちにもまた涙が滴《したた》り落ちてきて、頬を伝って口の中に入ってきた。溢れてくる涙を拭うこともせずに、しゃくり上げながら、しょっぱいカレーを頬張り続ける。

分かっていた。ジウが貴琉の前から消えようとしていたことを。

ジウの言葉はいつでも今日が最後だと示唆《しさ》していた。それを聞かず、引き留め、我が儘を言っていたのは貴琉のほうだ。

ジウと一緒に空を駆けた雨の日の夜。貴琉を抱え上げながら、ジウは「楽しかった」と言っていた。あれは別れの言葉だったのだと今なら分かる。

予測のつかない行動をするジウだったが、薄情でも酷いやつでもないことは、貴琉自身がよく知っている。言うことは大胆でも、やることは遠慮深く、貴琉にはとても優しかった。

何をしても褒めてくれて、貴琉といると楽しいと、心地好いと、いつも言ってくれた。

貴琉もそうだった。一緒にいると楽しくて、心地好くて、可愛くて、……愛しかった。

「なんで……？　だって、キスしてくれたのに」

好きだと言ったら、嬉しそうに笑ってくれたのに。好きな人だからキスしたいって言ったら、ジウだって貴琉にキスしてくれたじゃないか。

雨の日の空中散歩は楽しくて、嬉しくて、何度もジウとキスを交わした。ジウも貴琉を好きだと、ずっと好きだったと言ってくれたのに。

ジウに触れてほしかった。もっとキスがしたかった。もっと一緒にいたかった。

久遠《くおん》を望んだわけじゃない。ジウは妖で貴琉は人間だ。いつかは別れがくるのは知っていた。だけどそれが今訪れるとは思っていなかった。

だって、優しいジウは、貴琉が願えば必ず叶えてくれると思っていたから。明日の約束を交わしていれば、少なくとも明日は一緒にいられる、それを繰り返したら、律儀なジウはずっとここにいてくれるんだろうと、勝手に思っていたのだ。

カレーの味が分からない。美味しくできたはずなのに、褒めてくれる人がいないから、本当に美味しいのかどうか、分からないじゃないか。

胸に大きな穴が空いたようだ。こんな痛みは経験したことがない。

痛くて、痛くて、涙が止まらない。

寂しいという感情は、こんなに痛いものだったのかと、涙でグジャグジャになったまま、貴琉はカレーを食べ続けた。


何日も降り続いた雨は、昨日は一旦止んだが、今朝からまた降り始めた。割と激しい雨のようで、ゴロゴロと雷の鳴る音が遠くで聞こえている。貴琉の住む地域ばかりではなく、全国的に雨が続いているらしい。

ニュースの声を聞きながら、貴琉は大学へ行く準備をしていた。ジウが貴琉の前から姿を消してから、五日が経った。今日の講義は午後からで、貴琉は昼食にまたカレーを食べた。

「身体が黄色くなりそうだ」

一ヶ月のうちに、いったい何食カレーを食べただろうと、少々うんざりして食後のお茶を飲んでいた。

テレビでは雨関連のニュースが続いていた。この長雨で地盤が緩んでいる地域もあるからと、注意を促している。

キャスターの声を聞き、そういえば、白永町は今どうなっているだろうと、以前大学で声を掛けてきた学生の話を思い出した。先の台風で土砂崩れが起き、地形が変わるほどの被害があったと言っていた。

あそこにはもう親類もなく、近所に住んでいた人の顔も覚えてはいないが、それでも関わりのあった人がまだいるのだろうと思う。

あの頃親しく遊んでいた友だちのことは、未だによく分からない。一緒にいて心満たされたという思いが鮮烈に残っているのに、具体的な思い出の片鱗《へんりん》さえも残っていないのは、どういうことなんだろう。

いくら幼い頃だといっても、貴琉はあの頃すでに小学生だった。それが、まるでかき消されたように、あの場所にいた時間の記憶だけがなくなっているのだ。そして徐々に思い出し始めても、やはり記憶のあちこちに、穴が空いたように欠落している部分がある。

山へ頻繁に遊びに入っていたことは思い出したのに、貴琉と遊んだはずのあの子のことが、何一つ思い出せない。

それから、神隠しにあったとされた貴琉の行方不明事件。一週間もの間、自分は山で一人、どうしていたんだろう。消えたときの記憶も、発見されたときの記憶もない。

覚えているのは病院に搬送されたあと、目を覚ました貴琉を抱き締めてくれた両親の顔だけだ。

考え事をしながら、自分の髪の白い部分を触る。

行方不明になったあのときから、貴琉の髪はこうなった。周りはよほどの恐怖体験をしたのだろうと同情してくれたが、貴琉は自分のこの髪が好きだった。染めてもいいと提案されても、そんなことはしたくなかった。

だってこれは、貴琉の一番大切な……。

パリン……ッ、と頭の中で音がして、身体を通り過ぎるようにして風が吹いた。

湿った風。肌を撫でるような柔らかい風が一瞬貴琉を包み、消えていった。

――貴琉、今日は何をして遊ぼうか。

白い人。だけどあれはジウじゃない。

「違う。だって、……あの子……」

声と共に脳裏に浮かんだのは、真っ白な姿をした少年だ。

白い顔に、銀髪の少年が、貴琉に笑顔を向けていた。満面の笑みが徐々に崩れ、泣き笑いの顔になる。

――お別れだ。最後に貴琉のような友ができたことは、幸運だった。

差し伸べられる白い手を、嫌だ、消えないでと、自分は強く握り返した。

そんなことはさせない。僕が助けてあげるから。

「……あれは、……ジウ……?」

そうだ。貴琉はジウを助けるために山に入った。ジウが拠り所にしている祠《ほこら》が土砂に埋まってしまい、それが倒壊し、土に還れば、ジウも一緒に消えてしまうと言ったから。

立ち入り禁止と言われていた沼の側まで行き、……それからどうしたんだろう。

すべてを思い出そうと、懸命に記憶を手繰った。破れて飛び散ってしまったガラスの破片を拾い集め、一つ一つ貼り合わせるようにして、元の形に戻そうと試みる。

白永町で貴琉は、少年の姿をしたジウと出会っていた。毎日のように会いに行き、話をして、一緒に遊んだ。

ジウの住んでいた場所は長い時間を掛けて徐々に地盤が沈み、もうここに在ることができないと言った。祠が朽ちるのと同時に、自分も消えると。

——貴琉は私を助けると言うのか。祠を掘り起こし、私を蘇らせてくれるというのか。私の側に、ずっといてくれるというのか。

約束した。必ず助けると。ずっと一緒にいようと指切りをした。

山の沼地に入り、木切れを使い、懸命に土を掘り起こした。手も顔も泥だらけになりながら、ジウを助けるために穴を掘って、それから……。

「思い出せ、思い出せ……。あれからどうしたんだ、僕は。……ジウ」

あの祠は何処まで掘り起こせていただろうか。

頭を振り、必死に思い出そうとするが、そのあとのことがどうしても思い出せない。

「あのとき何があった……？」

山で捜索隊に発見されたとき、貴琉はジウのことも、そこであった出来事も、すべて忘れていた。それはたぶんジウがなんらかの力を使い、貴琉の記憶を消したのだ。そうでなければあれほど鮮烈なジウとの思い出を忘れるはずがない。

五日前、朝起きたときにも貴琉はジウのことを忘れていた。あのときもジウは、貴琉の記憶を消し去っていったのだ。

だけど忘れていたのはほんの短い時間で、すぐにジウのことを思い出した。そして今になって突然幼い頃にジウと過ごした記憶を取り戻した。あんなに長い間、封印されたように忘れていたのに。

……それは、ジウの力が尽きてしまったことを意味するのではないか。

「大変だ」

この間の台風で、祠がまた土砂に埋もれ、朽ちる寸前なのだ、きっと。

「急いで行かなくちゃ」

自分の部屋に戻り、リュックを引っ張り出した。それから庭に飛んでいき、物置から使えそうな道具を手当たり次第持ってきてリュックに突っ込む。

「ジウ、待ってて。すぐに助けに行くから」

行方不明になる寸前の記憶は未だ蘇ってこない。まだジウの力が効いているのだ。まだ間に合う。ジウは消えていない。

大丈夫、間に合う、間に合わせると自分に言い聞かせ、貴琉は急いで支度をした。用意を整えながら、思い出そうという作業を放棄する。今は思い出したくない。

すべての記憶が繋がったとき、それはジウの完全な消滅を意味する。

「どうか間に合って」

玄関を出ると、雨脚が強まっていた。雷がさっきよりも近づいている。ゴロゴロと不穏な音を立てて、時々雲の間に光が走る。

傘を差すのももどかしく、貴琉はジウのもとに向かい、全速力で走り出した。

※※※

改札を出て、駅の人に切符を渡したら、その人が「美智子《みちこ》ちゃん、おかえり」と言った。美智子は貴琉の母の名前だ。親しそうな笑顔でそう言って、母の同級生なのかなと一瞬思ったが、よく見ると駅の人はお爺《じい》さんに近いおじさんなので、それなら親戚の誰かかな？ と貴琉は思った。

短い挨拶をしたあと駅を出て、母が「あの駅員さんは、お母さんが通学していた頃からずっと駅にいたのよ」と説明してくれたので、ああ、そうなのかと思ったけれど、変なの、とも思った。

毎日駅を通るだけの母の名前まで覚えていること、それに、この町から出て何年も経っているのに、昨日も会っていたみたいに「おかえり」なんて言うのが、おかしいと思った。

母に連れられて、母の生まれた家に行く。小さい頃から何度も遊びに来ていた祖父母の家に、今日から貴琉は住むことになる。

貴琉を送ってきたのは母だけで、父は来なかった。そして、母も貴琉を家に預けたらすぐに帰ると言った。

祖父母は笑顔で出迎えてくれ、何も心配はいらないよと言ってくれたが、貴琉は不安だった。小学校に入学したばかりなのに、三ヶ月もしないうちに、もう別の学校へ転校することになったのだ。新しい学校で友だちができるだろうかと、それが一番心配だった。

母は荷物を置いて、足りないものがあったらお婆ちゃんに言いなさい、こっちからも電話するからねと言って、元の貴琉の家へと帰っていった。

外に出て見送り、急ぎ足で帰っていく母の背中にバイバイと手を振った。

貴琉の住んでいた家の近くではもう夏に近いくらいに暑かったのに、ここはまだ肌寒い。山から冷たい風が吹いてくるのかなと、貴琉は祖父母の家の後ろにある山を見上げた。

前を向いても、後ろを見ても、右にも左にも山がある。薄曇りの空は雲の位置が低く、山のてっぺんと空が溶け合うようにくっついていた。

新しい小学校は、一年生のクラスが一つで、生徒も十五人しかいなかった。

みんな同じ幼稚園からの知り合いで、貴琉一人がよそ者だ。転校した第一日目に、貴琉は挨拶をしながら泣きそうになった。

　もともと自分から積極的に輪の中に入っていくような性格ではない貴琉は、すでにガッチリ固まっている集団の中に溶け込める自信がなかった。前の学校とは違う教科書を広げ、授業を受けながら、次の休み時間は誰か話し掛けてくれるだろうかと、そればかりを考えていた。

　結局次の休み時間は遠巻きにされて誰も話し掛けてはくれず、給食の時間になって、やっと当番の人が給食をもらう手順を教えてくれた。お昼の休み時間になると、貴琉の周りに数人が集まり、もじもじニヤニヤしながら、ちょっとは会話ができたので、ホッとした。

　貴琉も緊張したが、転校生なんて滅多に来ないので、クラスのみんなも緊張していたようだ。

　転校初日の長い一日を終え家に帰り、貴琉は祖母に学校での出来事を報告したあと、一人で外へ遊びに出た。

　今日は晴れていて、真っ青な空が見えたけど、やっぱり山に近くて、貴琉が住んでいたところよりも空が低いと思った。コンビニも自動販売機もなく、歩いている人もいない。

　ポツポツと家が建っている集落を抜け、田んぼの畦道《あぜみち》を歩いていく。山に囲まれた土地は田んぼもそんなに広くなく、貴琉はいつの間にか山の入り口まで来ていた。

「あ、ここ、前にお父さんと来たことがある」

　夏休みに家族で帰省したときに、父と一緒に散歩していてここへ辿り着いた。蟬《せみ》の抜け殻を拾ったり、山に生えている木の名前を教えてもらったりしながら歩いていった。木に砂糖水を塗って、次の日にカブトムシを捕えようと父が言い、そうしようと約束した。
「カブトムシ、捕りにいけなかったんだよな」
その日の夕方にまた山に来て、父と一緒に木の皮に砂糖水を塗った。けっこう奥まで入ってい
き、父に肩車をしてもらって高い場所にも塗っておいた。明日の朝早くに見に行こうと約束し、
楽しみにしていたのに、次の日に山へは行けなかったのだ。
父と何時に起きるかの相談をしていて、話を聞きつけた祖母に、あの山は入ったら駄目だと止
められた。足場が悪く、見えないところに穴が空いていて、慣れない人が行くと迷ったり怪我を
したりするからと。
祖母にそう言われ、残念だったけど、父と貴琉は山に入るのを止めることにした。代わりにス
イカを切ってもらい、それが凄く甘かったことを覚えている。スイカを頬張りながら、父が小さ
い声で、「そんなに危なくなかったよな」と、悪戯っぽく言っていた。貴琉も祖母が言うほど危
険な感じはしないと思ったが、祖母に逆らってまで行きたいわけではないので、二人で諦めた。
「どの木だったかな」
山道を歩き、貴琉は父と砂糖水を塗った木を探して歩いた。小学一年生の下校時間は早く、日
が暮れるまでにはだいぶ時間がある。
夏休みに入ったら、今度は自分でカブトムシを捕まえてみよう。その頃には一緒に遊べる友だ
ちができていたらいいなと思いながら、貴琉は人が踏んで作った道を辿り、記憶を頼りにどんど

ん奥へと入っていった。

父と母は夏休みには来てくれるだろうか。祖父母の家にはいつまで預けられることになるのだろう。貴琉が一人で留守番ができるような学年になったら、迎えにくるのだろうか。また転校するのは面倒くさいけど、それでも早く元の家に帰りたい。

家のことや、学校のことを考えながら、貴琉は山の道を歩いていた。

「……あれ?」

踏み固められた一本道を歩いていたのに、いつの間にか足下が草だらけになっていた。白い砂利のようだった道が湿った土に変わっていて、木の根や雑草に覆われている。

「道間違えちゃった」

来た道を引き返し、山の入り口に戻ろうとする。周りに生えている木はどれも似たような高さと形で、何処を向いても同じ景色だ。振り返って、迷ったと気付いたさっきの木の根のあったところへ戻ってみようとしたが、木の根の生えている場所はいっぱいあって、区別がつかない。

真っ青だった空は、鬱蒼《うっそう》とした木に遮られ、小さくなっていた。足下はますます草に覆われ、ここが何処だかまったく分からなくなった。

「どうしよう。帰り道が分からない」

半べそになりながら、とにかく山の下のほうへ行こうと足を進めるが、下っているのか、上っているのかさえ分からなくなっていた。木々はますます空を覆い、辺りが暗くなっていく。

「帰れない。……どうしよう。このままお家に帰れなかったら、僕死んじゃうのかな」

いつか祖母が言っていたことは本当だったと、一人で山に入ったことを後悔した。あの時は父も一緒にいたし、全然危険だと思わなかったが、やっぱりここは入っちゃいけない山だったのだ。家に帰り、祖母に知られたら怒られる。だけど今はその家に帰る道が分からない。

とにかく家に帰りたくて、闇雲に歩いているうちに、涙がボロボロ零れてきた。「どうしよう」「お家に帰りたいよう」としゃくり上げ、貴琉はとうとうしゃがみこんだ。

風が吹くたびに木がザワザワと鳴るのが恐ろしい。このまま夜になったらどうしよう。足は重く、無理して歩いても、もっと山の奥に行ってしまうかもしれない。行くことも戻ることもできなくて、貴琉は地べたに座り込み、わあわあと声を上げて泣いた。

「……迷ったか？」

上のほうから声がして、貴琉はハッと顔を上げた。辺りを見回してみるが、枝を張った木しかなく、鳥の姿さえない。風の音を聞き間違えたのかと思ったら、また涙が溢れてきた。「ぅあーん」と、空を仰いで泣き声を上げると、何処からかまた「泣くな」と声がする。

「誰かいるの？　助けて、お家に帰れなくなっちゃった」

涙を流しっぱなしのまま助けを求めるが、やっぱり誰の姿もない。

「見えない。誰もいない。……おばけ？　やだぁ、おばけやだぁああ！」

逃げようとして立ち上がり、声のしたほうと反対方向へ走り出そうとして木の根に躓《つまず》いた。べシャン、と豪快に転んでしまい、手も顔も土まみれになる。

「あああ、いだいぃぃー、死ぬぅううう、ぎゃぁぁぁああ」

地べたに這いつくばったまま、声を限りに泣き叫ぶ。こんな山の中で恐ろしい化け物に襲われ、自分は死んでしまうんだと絶望した。

「死んじゃうのぉおお、僕はしんじゃぅの、死ぬのいやだぁ」

「死なぬ。死なぬから、ほら、泣き止め。よしよし、怖かったな」

急に声が近くで聞こえ、貴琉はパニックを起こした。

「ぃやあああああ！　怖いぃ、おばけぇえ、こわいよぉ」

「私が怖いのか。そうか、それは失礼した」

今度は声が遠ざかり、パニックを起こしたまま「行がないでぇ」と引き留める。

お化けも怖いが一人になるのも怖くて、自分でもどうしたらいいのかが分からない。

「転んじゃった……、痛いよぉお、あぁぁ、んぐ、……っ、ぅうう」

手にも顔にも泥が付き、膝がヒリヒリ痛かった。涙が止めどなく流れ、過呼吸のようになっている貴琉の足に、冷たい何かが触れた。

「血は出ておらぬから、平気だろう。打って汚れただけだ。ほら、痛くない」

真っ黒になった膝小僧の上を、冷たく湿ったものが撫でている。姿がないまま、それでも怪我を癒やしてくれようとする感触に、しゃくり上げていた身体の動きが静まっていった。

「歩けるようになったら、麓《ふもと》の近くまで案内してやろう。だからもう泣くな」

「うん……」

得体の知れない者に身を任せ、その場でじっとしていた。膝にあたる感触が気持ちよくて、痛みが薄らいでいく。

「痛いのなくなってきた」

「そうか、もう歩けるな」

「……おばけなの？」

自分の膝を撫でているモヤモヤしたものに向かって質問をすると、「どうだろう」と、モヤモヤが言った。

「おばけと違う？　見えないのなんで？　身体ないの？」

膝を擦《さす》ってくれているものが、「身体はあるが……」と言うので、「見せて」とお願いした。

もう怖くはないが、誰かと一緒にいるという実感がない。

「誰もいないの、寂しい」

膝にあるモヤモヤがすっと消えた。いつ姿を現してくれるのかと辺りを見回すが、それらしいものが何も見えない。

「……いなくなっちゃった？」

途端に恐怖と孤独が込み上げてきて、また涙が溢れてくる。

「ああ、泣くな、泣くな。今出てやるから」

前方にある木の陰から先ほどの声がして、ふわ……と白いものが現れた。

「あ、人間……」

真っ白な着物を着た人が木の横に立っている。白い着物を着て、肩まで伸びた銀色の髪をしていて、見た目は人と変わらなかった。貴琉よりも少し年が上の、とても綺麗な顔をした少年の姿だ。

「これでよいか？　もう怖くはないか？」

木の側に佇んだまま白い少年が言い、貴琉は涙を肘で拭い取りながらコクコクと頷いた。

「この姿をとるのは久方振りでな、なにやら落ち着かぬ」

「そうなの？　いつもはさっきみたいにモヤモヤしたままなの？」

近づいてきた白い人に貴琉がそう言うと、少年は「モヤモヤ……」と言いながら首を傾げ、「そうだな、普段はモヤモヤのままだ」と言って、笑った。

その笑い顔がとても楽しそうで、貴琉の中から不安や恐怖がいっぺんに消えた。

白い着物と銀色の髪をしたその人は、自分のことを「ジウ」と言った。貴琉も自己紹介をし、ここ最近、この町に来たことを説明する。

「そうか。まだきたばかりなのか。それなら一人でこんな奥までやってきたのも頷ける」

ジウのいるこの山には、滅多に人が足を踏み入れないと言った。

「うん。前におばあちゃんが言ってた。危ないから入っちゃ駄目だって」

「そうか。言いつけを守らなかったのだな。悪い子だ」

「ごめんなさい。……食べちゃう？」

怯える貴琉にジウは笑い、「いいや。食べない」と言ってくれたので安心する。

山間《やまあい》に位置する白永町のこの山は、昔から大雨や地崩れ、落雷など、天災が多く降りかかり、呪われていると言われているそうだ。

「他の山より危険なところなの？」

「ああ、そうだな。だいぶ昔のことだが、確かにこの山は厄災が多かった」

「今は危険じゃないんだ？　じゃあもう危険じゃないよってジウが教えてあげたらいいのに」

「人は昔の教訓を活かしながら今の暮らしを続けている。それに、私の声はもう届かない」

「ふうん」

「それに、厄災は降りずとも、もうこの山には息吹がない。山にも寿命があるでな」

「山が死んじゃうの？」

「自然の死とは、人とは違う。少しずつ変化を遂げ、知らぬ間に形を変えていくということだ」

木の根に腰掛け、ジウの話を聞いている貴琉を見つめ、ジウが目を細める。

「人の姿も久方振りに見た。しかもこんな子どもがな、よくまあ一人で」

「ジウだってまだ子どもじゃないか」

「私はおまえよりもずっとずっと年寄りだぞ。この姿はおまえに合わせたのだ」

「え、じゃあ、それは本当の姿じゃないの？　人間の真似っこ？」

貴琉が聞くと、ジウはにっこりと笑って、「これも私の本当の姿だ」と言った。

「おまえたち人間と時の流れは違うが、私とて年を重ねる。これは私がもっとずっと、ずぅーっと昔、おまえほどの年端の頃の姿だ」

本来はもっと大人の姿になっているとジウが言うので、見てみたいと言ったら、「無理だ」と言われた。

「この姿をとるのにだいぶん力を使ってしまった。姿を変えてみせるにはまた力を使わねばならぬ。疲れるし、今は無理だな」

「そうなんだ。だから普段は形を作んないで、モヤモヤしているんだ？」

「そう。モヤモヤしている。そのほうが楽なのでな」

「ジウはやっぱり、……おばけなの？」

「さあ、そうでもあり、そうでもなし」

「え、どっち？」

どっちつかずの答えに不満を持ち、ジウの白い顔を覗き込んで尋ねると、ジウはにっこりと笑い、「どちらでもあり、どちらでもなし」と、また曖昧な答えを出した。

「私はおまえが信ずる者で在り、恐怖する者で在り、救済を求める者で在り、嘆きを受け取る者で在る」

「全然分かんない」

ジウが笑った。

お化けかどうかは結局分からないが、ジウが人間じゃないのは確かで、だけど貴琉はジウを怖いとはもう思っていなかった。

だって隣にいるジウは、普通とはちょっと違うが、ちゃんと人間の姿をしているし、笑っている顔がとても優しいし、凄く綺麗だ。

それに、転んで怪我をした貴琉の膝を擦ってくれた。泣いている貴琉を「泣くな」と慰めてくれ、今も貴琉が寂しくないように、側にいてくれる。

ジウはいろいろなものに姿を変えられると言った。大昔は人の姿が過ごしやすく、麓に下りていったこともあるという。だけど人々の生活の流れはめまぐるしくて、ついていけなくなった。人間よりも時の流れがゆっくりなジウは、置いていかれてしまったと、笑って言った。

「さあ、下まで案内しよう。道のあるところまで行けば、麓はすぐだ」

ジウに手を引かれて山道を歩いた。繋いでいるジウの手は湿っていて冷たく、だけど歩いているうちにだんだん温かくなってくる。

「じゃあ、ジウはこの山にずっと一人で住んでるの？」

「ああ、そうだ」

「何十年も、何百年も？」

「ああ、もっと遠いな。遠い昔からだ」

「寂しくない？」

「どうだろう。ほら、そろそろ人の道に入るぞ」

草と木の根っこだらけのデコボコ道が、だんだん平らになってくる。

「ここまで来れば、もう迷うことはない。その道の先を真っ直ぐに行け」

帰り道を指さして、ジウが言った。

「僕、ジウのお友だちになろうか」

唐突な貴琉の言葉に、前を見ていたジウがこっちを向いた。

「僕もまだ転校してきたばかりで、誰も友だちがいないんだ」

「通っていれば、そのうちできるだろう」

「うん。でも、ジウの友だちにもなってあげる」

「おまえが私の友に……？」

ジウが不思議そうな顔をして、貴琉を見つめた。貴琉は「うん」と頷き、「お友だちになろう？」

とジウの綺麗な顔を下から覗く。

「ジウは僕を助けてくれたでしょう？　ジウがいてくれたから、お家に帰れる」

「だから私の友になってくれるというのか」

「うん。ジウは僕の命の恩人だから、僕はお礼にジウの友だちになってあげる。ジウが寂しくないように」

「命の恩人……」

やっぱり不思議そうな顔をしたジウが、貴琉をじっと見つめ、それから笑顔を作った。

ジウの笑った顔は白い花が咲いたようで、貴琉はその綺麗な笑顔に見惚れながら、もう一度「お友だちになって」と言った。


ジウと出会ってから、貴琉は頻繁にジウのいる山へ遊びに行った。

学校でも友だちができ、放課後に遊ぶこともあったが、それでも三日に一度はジウに会いに山に出掛けた。

学校が夏休みに入ると、家で昼を済ませたあと、夕方までずっと山でジウと過ごすことが多くなった。

クラスの子たちとサッカーをしたり、誰かの家に集まったりするのも楽しかったが、ジウと二人で遊ぶほうがもっと楽しかった。少年の姿をしていても、本人が言っていたように、貴琉よりもずっと年寄りのジウは、いつも穏やかで、貴琉の話す現代の生活の様子を聞き、子どものように目を輝かせる。いつでも貴琉の話を笑顔で聞いてくれ、なんでも感心してくれる。

祖母や祖父、または学校のクラスメートとでは得られない、心穏やかで、それでいて胸が高鳴るような不思議な感覚を、ジウと一緒にいると味わえた。

今日も貴琉は山へ出掛け、ジウの側で夏休みの宿題をやっていた。計算ドリルに取り組んでいる貴琉の横で、貴琉の持ってきた教科書を、ジウが興味深そうに眺めている。

「色彩の美しい本だな」

カラーの鮮やかさに目を細め、写真に驚いている。

「私が山に籠もっている間に、世の中はますます進歩したらしい」

すぐ近くに人の住む麓があるのに、ジウは人々の生活のことを何も知らなかった。

「本当にこの山には、ずっと誰も入ってこなかったの？」

「ああ、長らく人は来なかったな。たまに入ってきても、奥まで来ることはない。私が住んでいるところは、この山のもっと奥だからな」

「じゃあ、僕と会ったあの日だけ、下りてきていたの？」

「そんなことはない。いつものように木の上で空を眺めていたら、子どもの泣き声が聞こえたのでな。あまりに悲愴な声で泣くものだから、迷子か捨て子かと、ちょいと覗きに行った」

普段は人の絶対に分け入らない、山のずっと奥にいるのだとジウは言った。

「大昔、この山の奥には大きな池があってな、その辺りが私の住処だ」

長い時間を掛けて徐々に山の地形が変化していき、今は沼ともいえない小さなぬかるみになってしまった。

「そのうちぬかるみも土に埋もれ、何もなくなってしまうだろう」

「ふうん。そうしたら、ジウは何処へ住むの？」

「さあ、何処だろうな」

「僕んち来る？」

「おまえの家に？」

ジウが驚いたように目を見開く。

「うん。おばあちゃんとおじいちゃんの家、大きいから、ジウも住めるよ？」

「そうか」

「あ、でも、僕もずっとおばあちゃんちにいるわけじゃないから。いつかお父さんとお母さんのいる元のお家に戻るんだけど」

「そうか……」

「そしたらジウも連れてったげる」

「おまえの元の家へか。私を連れて行ってくれるのか」

「うん。お父さんとお母さんは仕事が忙しいから、いつも僕しかいないよ。それで、僕がまだ小さいから、おじいちゃんの家に預けられることになったんだ。だから、一人でお留守番ができるようになったら、前の家に戻るの」

「そうか。それは待ち遠しいな」

「だから、そのときにジウも一緒に行こ？　家には僕しかいないから、ジウがいても大丈夫。そしたら僕も寂しくないし」

思いつきで言ったことだが、凄くいい案だと思った。ジウは住む場所が見つかるし、貴琉もジウと一緒にずっといられる。

「ね、僕の家に来て、僕と一緒に住もう？　そしたら毎日一緒に遊べるし、一緒に寝て、一緒にご飯も食べられるよ？」

「そうだな。それはとても楽しそうだ」

「うん！　約束ね」

ジウの前に小指を差し出すと、ジウが不思議そうな顔をして貴琉の指を見つめた。ジウの手を取り、強引に自分の指に絡ませ、「指切りげんまん」と指を振る。

「これでジウとずっと一緒」

貴琉と指切りげんまんをしたジウは笑顔を作り、「そうか、ずっと一緒か」と言った。

「貴琉は私の伴侶になってくれるのか」

「はんりょ？」

言葉の意味が分からずに首を傾げると、ジウが「貴琉は私のお嫁様になってくれるのだろう」と言った。

「お嫁さん？　でも僕男の子だよ？」

「なに、関係ない。お互いに一番大切に思う相手と契《ちぎ》るのが、伴侶の証《あかし》だ」

「ふうん？　そうなの？」

ジウがゆっくりと頷き、「私の伴侶になってくれると、貴琉は言うのだな？」と言った。

伴侶と言われるとよく分からないが、一番大切な相手というのなら、貴琉にとってそれはジウだ。

「ジウは僕のことが一番大事？」

「ああ、一番だ」

優しい顔をして、ジウが言った。

「僕もジウが一番大事。ジウ大好き」

貴琉の言葉にジウが嬉しそうに笑い、「私もだ」と言ってくれた。

繋いだままの小指を固く結び、「ずっと一緒」と二人で約束を交わす。

それからは、貴琉の家で一緒に過ごす相談をした。ままごとの延長のような相談は、とても楽しく、ジウも笑顔で貴琉の話を聞いている。

「僕がご飯を作ってあげる。おばあちゃんの手伝いで、今習ってるんだ。まだ野菜を洗ったり、お皿を運んだりしかできないけど。早く一人でお留守番ができるようになりたいから」

「貴琉の手料理か。それは食べてみたいな」

「ジウは何が好き？」

貴琉の質問に、ジウが大きな黒目をクルクルと動かし、「なんだろう」と考え込んだ。

「貴琉は何が好きなのだ？」

ジウの質問返しに、貴琉も上を見上げ、「ええと、ハンバーグと、唐揚げと」と、指を折りながら好きなメニューを並べていく。

「あとね、カレーライス！」

「カレーライスか」

「カレーが一番好きかな。おばあちゃんが作るの、お母さんとおんなじなんだ。豚肉と、じゃがいもがゴロゴロしてるの。前は僕だけ甘口のを食べていたんだけど、小学生になってから、大人と一緒になったの。ちょっと辛いけど、美味しいよ」

「そうか」

「給食のカレーも美味しいんだ。カレーならなんでも好き」

「そんなに美味いのか、カレーとは。それは是非とも食べてみたいな。豚肉とじゃがいもで作るのか」

「あとねえ、人参も入ってる。それからタマネギ」

「そうか。他には？」

カレーライスに興味を持ったジウが、どんな味かと聞いてくる。貴琉は食卓に載るカレーを思い浮かべ、一生懸命に答えた。そんな貴琉をジウがにこやかに眺め、先を促す。

カレーがどんなに美味しくて、どれほど自分が好きなのかを説明しながら、貴琉は祖母が今度カレーを作ったときに、作り方を教わろうと考えた。

夏休みが終わり、新学期が始まった。クラスでは秋の運動会に向けて、リレーの選手を決めたり、行進の練習をしたりと、授業以外にもいろいろと忙しくなっていた。

秋が近づき、日もだんだんと短くなっている。おまけに放課後に運動会の居残り練習などもあり、帰りが遅くなる日が続いていた。

今日も居残り練習を終え、急いで帰ってきた貴琉は、ランドセルを放り投げるようにして、家から飛び出した。

「貴琉、今から遊びに行くのかい？　すぐに暗くなってしまうよ」

玄関から出たところで、ちょうど用事から帰ってきた祖母に出くわした。

「うん。ちょっとだけ。暗くなる前に帰るから」

「クラスの子と？」

「うん」

「何処の子？」

早く山へ行きたくて、気もそぞろに返事をする貴琉に、祖母がしつこく聞いてくる。

「クラスのみんなとだよ。誰とっていうんじゃない」

「北の山は行っちゃいけないよ」

「分かってる。時間ないから行くね。行ってきます」

元気よく返事をして、貴琉は走り出した。

祖父も祖母も、貴琉のすることにあまりうるさくは言わないが、北の山は危ないからと、そこだけは再三注意を受けていた。

一度山から下りてくるところを近所の人に見つけられ、報告を受けた祖父からこっぴどく叱られた。あのときはほんの入り口付近を探検してみただけだと言い訳をして、納得してもらった。一人で行くのはもちろん、絶対に奥まで入るなと言われ、約束させられたのだった。

それでも貴琉はジウに会いにいくことを止められず、目を盗んでは山に入り、ジウと会っていた。田んぼの畦道から入る山への入り口は目立つので、別ルートを見つけ、もっぱらそこから山へ入っていた。

貴琉が自分で見つけた入り口付近は、昔は畑だったらしく、背の高い草が生い茂り、貴琉ぐらいの背丈なら容易に隠してもらえた。新しい道を見つけてから十回以上はそこを通って山に入っていたが、もともと人口の少ない町なので、今のところ誰にも見つかっていなかった。

歩き慣れた道なき道を行き、いつもの待ち合わせ場所までやってきた。「ジウ」と友だちの名を呼ぶと、フワリと白い人が降りてきた。

「貴琉、よく来てくれた。さて、今日は何をして遊ぼうか」

手を繋いで更に山の中を行き、林の途切れた小さな広場に辿り着く。昔、大雨で水が流れ落ち、木をなぎ倒して道を作ったこの場所は、ジウと貴琉の遊び場だった。

家から持ってきたお菓子を二人で分けて食べたり、葉っぱや木の実を拾ってきてままごとをしたりして遊んだ。いつかここに、二人の秘密基地を作ろうと約束していて、家から使わない傘やビニールシートなど、必要な道具をせっせと運び込んでいるところだ。

「今日は少し来るのが遅かったな。学校が忙しいのか？」

「うん。運動会の練習があったんだ」

倒れた大木に並んで座り、今日の出来事をジウに話して聞かせる。

出掛けに祖母から注意を受けたこともついでに伝えると、ジウは笑って、だけどちょっとだけ困ったような顔をした。

「貴琉のばあさまの心配ももっともなことだ。これからはどんどん日の暮れるのが早くなる。無理をしてここに通うことはないのだぞ」

「無理してないよ。だって僕が来たいんだもん。ちょっとの時間でもジウと遊びたい」

ジウと一緒なら北の山は怖くないし、何より一緒にいるのが楽しいのだ。

「この山全然危なくないよ？　他の人も山に来たら、それが分かるのにね」

クラスメートたちも、北の山の危なさを親から散々言い聞かされているので、貴琉が山に誘っても、一緒に来る子はいない。みんなで遊べたら楽しいと思う反面、ジウを独り占めしたいという、我が儘な考えを持っている貴琉だった。

「ジウといるのが一番楽しい。優しいし、面白いし、それに凄く綺麗だし。ジウが大好き」

貴琉の言葉にジウは目を細め、「そうか。私もだ」と言って笑った。

「おじいちゃんもおばあちゃんも、怖いことを言って、僕を脅かすんだ」

大昔、北の山にはこの辺りの山すべてを統《す》べる山神様が住んでいて、山の自然と人々の暮らしを守っていたのだが、ある日北の山の頂付近にある大池に、大蛇が住み着いた。災いを招く大蛇を追い払おうとし、大蛇と山神が戦い、それのせいで山は大きく形を変えてしまったのだそうだ。

結局戦いに敗れ、山を去ったのは神様のほうで、今でも大蛇は北の山に居着いていて、天災を呼び込み、人を攫い、悪さを繰り返しているのだという。

「山の上にある沼に、今も大蛇が住んでるって言うんだよ。だから人も動物も、鳥も寄りつかないんだって」

人を騙《だま》して沼に引きずり込み、酷くいたぶってから殺して食べるというのは、小さな子どもにとっては、震え上がるほど恐ろしい話だ。

おまけに貴琉は蛇が大嫌いだ。あのにょろにょろとした形と鱗《うろこ》が気持ち悪い。実物は見たことがないが、前に自然を紹介するテレビで、蛇が小動物を凄い速さで追い掛けて締め上げ、丸呑みにしている画像を見て、トラウマになっている。

「だから、僕が蛇を嫌いなのを知っていて、わざとその話をして、山に入らないようにしているんだと思う」

貴琉の話を黙って聞いていたジウが、ふぅむ、と唸るような声を出し、考え込んでいる。

「そのような伝承があるのか……。面白いものだな」

「ジウは大昔からここにいたんでしょう？　大蛇なんかいないよねえ」

貴琉の質問に、ジウはにっこりと笑い「ああ、大蛇はいないよ」とはっきりと言ってくれたので安心した。

「よかった。僕、蛇が一番嫌いなんだ」

「そうか」

ジウが頷き、「それよりも、おまえの学校の話が聞きたい」と、話題を変えた。

「運動会というものに出るのだろう？」

「うん。走ったり、玉入れをしたり、あとダンスも」

「ほう、それは楽しそうだ」

「でも練習は大変だけどね。あ、そうだ。ねえ、運動会のとき、ジウも町に下りてこない？　運動会見に来てよ」

「町にか？」

「うん。僕が走るの、見たいでしょう？」

「ああ、それは見てみたいな」

「姿を消してさ、モヤモヤしたままなら誰にも気付かれない」

「モヤモヤか……」

運動会には、クラスメートはみんな家族総出で来るだろう。貴琉も祖父と祖母が来てくれるだろうが、両親はたぶん来られない。仕方のないことだが、やはり少し寂しい。だからジウが来てくれたらと思い、誘ってみた。

「運動会……。おまえの走る姿を見るのは楽しそうだな」

「でしょう。ねえ、来てよ」

空を見上げて考えているジウの手を取り、「お願い」と駄々を捏ねる。

貴琉に腕を揺さぶられながら、ジウが「そうだな。見てみたいな」と言って微笑む。

ジウの腕は今日もひんやりと冷たく、湿っていた。


予定されていた運動会は雨で翌週に延び、順延されたその日も雨で、結局演目が縮小されたものが、体育館でこぢんまりと開催された。

貴琉は玉入れとダンスに参加し、徒競走は代表者のリレーだけになったので、走ることはなかった。

ジウが運動会を見に来てくれたかどうかは分からなかった。姿を消していたのなら、貴琉にも見えないし、確かめたくても、まだジウに会えていない。十月に入ってから雨が続き、運動会の前にも終わったあとにも、山に行くことができずにいたからだ。

運動会から五日経ったその日にようやく小雨になり、貴琉は合羽と傘を持って山に向かった。ジウとはもう二週間近く会えていない。貴琉が行かなくなって寂しがっているだろうなと思いながら、早足でぬかるみ道を歩く。

いつもの秘密のルートを辿り、ジウとの待ち合わせの場所まで行き、ジウを呼ぶ。普段はすぐに降りてきてくれるのに、何度呼んでもジウは姿を現さなかった。

「ジウ、ジウー！」

名前を呼びながら、いつもの遊び場に一人で歩いて行く。続いている長雨で、地面はドロドロで重く、長靴を履いた足はとても歩きにくかった。

「雨で家に籠もってるのかな」

広場でしばらくジウを待ってみるが、ジウはやっぱり現れず、貴琉はジウが住んでいるという沼のあるところまで行ってみることにした。

半年近く、毎日のようにジウと遊んだ山だ。二人で手を繋いで探検もしたことが何度もあったので、ここに来た最初のときのように、迷子になることはもうないという自信もある。

ぬかるみにはまらないようしっかりとした足取りで、ジウを呼びながら歩いて行く。ジウはとても耳がいいので、貴琉の声が聞こえたら、やってきてくれるはずだ。

差していた傘を畳み、合羽だけを着たまま歩いて行く。覆い被さるように生えている木々が、傘の代わりになってくれた。

「貴琉……」

一時間近くも歩いた頃、貴琉を呼ぶ声がして、ジウが姿を現した。真っ白な着物は雨に濡れておらず、肩まで伸びた銀髪も乾いたままだった。

「あ、ジウ。よかった」

「貴琉、一人でここまでやってきたのか」

「そうだよ。だってジウがいつものところに来なかったから。何度も呼んだのに、なんで来てくれなかったの？ ここまで来るの、大変だったんだよ」

いつものように迎えにきてくれなかったことに文句を言う貴琉に、ジウは「すまなかった」と謝ってきた。

「いいよ。会えたから。ねえ、運動会、来てくれた？」

ジウの前まで行き、運動会のことを聞くと、ジウはやっぱり笑ったまま、「それが、行けなかったのだよ」と言った。

「そうなの？ 雨だったから？ 延びたの知らなくて、前の週に来ちゃった？ 雨で次の週になっちゃったから」

ジウが来なかったことを残念に思いながら理由を聞くが、ジウは教えてくれなかった。

「貴琉、おまえとはもう会えなくなりそうだ」

そして唐突にそんなことを言うから、貴琉は「え？」と言ったまま固まってしまった。

「おまえと遊んだあの広場にも、待ち合わせの場所にも、もう行けなんだ。秘密基地も作れそうにない」

「……なんで？」

理由を聞いても、ジウは「すまない」と謝るだけだ。

「ジウ、なんで？　どっか行っちゃうの？　この山から出て行く？」

白い顔は相変わらず綺麗で、微かに笑みを浮かべたまま、ジウが何も言わず貴琉を見つめる。

「……僕のことが嫌いになっちゃった？」

貴琉の声に、ジウの目が僅かに見開かれた。

「運動会に来てとか、迎えにきてくれなかったことに文句を言ったりしたから？」

学校でも家でも聞き分けの良い子だと褒められることの多い貴琉は、ジウに対してはよく我儘を言った。ジウは優しくて、貴琉の言うことをなんでも聞いてくれるから、貴琉は頼り切り、甘えていたのだ。

「貴琉、違う。おまえを嫌いになどなるはずがない」

「だって……っ！　じゃあどうしてもう会わないなんて言うの？　嫌いじゃないなら、そんなこと言わないで！」

会えなくなるなんて嫌だと、ジウに訴えた。

「嫌だよ。もっとジウと会いたい。雨で来られなかったから、怒ってる？」

困った顔をしたジウが、「どうにもならない」と、次には悲しそうな顔をした。

「違うのだよ、貴琉」

「もう、……時間がなくなってしまったのだ」

雨が続き、ジウの住処だった沼の近くにも影響が及び、地盤が緩んだその場所が、崩れ始めているのだと、ジウが言った。

「私の拠り所としている祠があってな、ずっとそこに住んでいたのだが、長い年月を掛けて、徐々に土に埋まってしまい、この雨でまた沈んだ。もうほとんどが地面の中だ」

その祠がある限りは姿を保っていられるが、そろそろ難しいとジウが言った。埋まってしまった部分はすでに朽ち始めていて、そうなるとジウは力を失い、やがて消えてしまうのだと。

「だから、待ち合わせの場所までおまえを迎えに行けなんだ。すまなかったな」

貴琉に謝り、ジウが微笑む。

「この辺りも危ないぞ。おまえが遭難しても、もう私は助けてやることができぬ。これからは、一人でここへ来てはいけないよ」

「ジウ、でも……」

「貴琉、聞き分けろ。もうここへ来てはいけない」

貴琉を諭したジウは、「お別れだ」と、静かな声で言った。

「最後に貴琉のような友ができたことは、幸運だった。楽しかったぞ、貴琉」

自分は消えていくとジウがいう。仕方のないことだと諦め、だからもう貴琉とは会えないのだと、名残惜しそうに、だけどとても優しい顔で貴琉を見つめ、お別れだと言った。

「さあ、グズグズしていると、麓に着く前に日が暮れてしまう。家へ帰りなさい」

「嫌だ、ジウ」

「貴琉、私の言うことを聞いてくれ」

「嫌だ。なんで諦めるの？　だって、まだ祠は全部埋まっていないんでしょう？」

「ああ、そうだが、すぐにも埋まる。この雨なのでな」

どうすることもできないと、ジウが空を仰いだ。

「もう長いこと、ここに在り続けたのでな。十分だ」

「僕は嫌だよ。だって、僕はまだちょっとしかジウといられていないもの」

まだまだ足りない。もっとジウと一緒にいたい。毎日会いたい。もう会えなくなるなんて、ジウが消えてしまうなんて、絶対に嫌だ。

「僕が助ける。埋まっている祠を掘り起こしたら、ジウは消えないんでしょう？」

ジウが茫然と貴琉を見つめている。

「祠のある沼に連れて行って。二人でやったら、すぐに掘り起こせるよ。綺麗にして、乾かして、腐っているところを直したら、またそこに住めるんでしょう？　そしたらジウは消えなくてすむんでしょう？　僕とまた、一緒にいられるんでしょう？」

早くそこへ行こうとジウを促す。少しでも早く祠を掘り起こし、ジウを助けてあげたい。

「……貴琉は私を助けると言うのか。祠を掘り起こし、私を蘇らせてくれるというのか。私の側に、ずっといてくれるというのか」

「そうだよ。ずっと一緒にいようって約束したでしょう」

消えたりしないでと、ジウの前に小指を差し出す。「指切りげんまん」と、自分の小指にジウの小指を絡ませた。


ジウと一緒に、山の更に奥へと入っていく。

小雨だった空は暗くなり、さっきよりも雨粒が大きくなっていた。ジウは、祠を掘り起こすのは今日でなくてもいいと言ったが、貴琉は承知しなかった。

一刻も早くジウを助けてあげたい。一晩明けたらもう会えなくなっていたなんてことになるのが怖かった。

「平気だよ。ほら、私の身体はまだおまえに見えるだろう？」

「見えるけど、でも今すぐ行きたい。ジウだって、消えたくないでしょう？　僕ともっと一緒にいたいよね？」

繋いでいる手を引っ張って、ジウの顔を覗くと、ジウも貴琉を見つめ返し、頷いた。

「そうだな。消えてしまうのはどうとも思わないが、貴琉とはもっと一緒にいたいな」

惜しむ気持ちはないのだと、ジウは言った。ここに生じてから消失するまでを、ただ受け入れ、静かに待つことが自分の有り様だと。

「祠が沈んでいくのも、だからただ眺めていた。それが私の定めだと、受け入れていたんだよ」

「僕は嫌だ。受け入れられない」

貴琉のきっぱりとした声に、ジウが微笑む。

「おまえがそう望んでくれるなら、私ももう少しの間、この世に留まることを望もう。望んでくれる者があれば、私も生きられる」

「僕がジウと一緒にいたいって望んだら、ジウも諦めないっていうこと？」

「ああ、そうだな」

「じゃあ、一緒に頑張って祠を掘り起こそうね」

「ああ、そうしようか」

繋いでいるジウの手は、いつものように冷たくて、だけどギュッと握っているうちに、だんだん温かくなってくる。

ジウは貴琉が一緒にいたいと望んでくれるから、自分も消えることを望まないと言った。それなら貴琉は、一生それを望み続けようと心に誓った。

消えないでほしい。ずっと一緒にいたい。ジウが大好きだから。

雨の山を歩き続け、やがてジウの住処だという沼地に辿り着いた。

大きな窪《くぼ》みになっている場所は、ジウが言っていたとおり、大昔には池だったのだろう。今そこには水は湛《たた》えておらず、泥の溜まった穴になっていた。

「あのぬかるみの端だ」

ジウの指さす先に、大きな樹があった。そこも地盤が緩み、今にも倒れそうに大きく傾いでいる。

「祠があそこにあるの？　よく見えない」

「ほとんど埋まってしまっているからな」

泥沼になっている窪みの中を、大樹を目指して歩いていった。土が重く、一歩一歩足を進めるたびに、グポグポと長靴が沈み、足を持ち上げて歩かなければならなかった。

苦労しながらようやく大樹の側まで行き、その根元をじっと見つめる。

「……あ、これ？　箱みたいなのが埋まっている」

生えている大樹とは種類の違う木片が見えた。人の手で作られたと分かる、板の端っこが、泥の中からかろうじて顔を出している状態だった。

土から飛び出ているその部分を触ってみる。雨と泥で水分を吸った木片はぶよぶよと柔らかく、力を入れて引っ張ったらすぐにも壊れてしまいそうだ。

「周りの土から掘っていったほうがいいかな」

「貴琉。雨が強まってきた。今日は止めておこう」

さっきよりも雨脚が強まり、遠くのほうでは雷鳴が響いていた。

「ここまで来たんだから、少しでも掘り起こそう。大丈夫。夜までまだ時間があるから」

貴琉はその場にしゃがみ込み、顔を出している板を目印に、その周りの泥を掻き分けて掘っていった。泥が冷たく、指先がすぐにもかじかんでくる。一旦泥から手を抜いて、はあ、と息を吹き掛け温めて、それからまた掘っていった。

貴琉の隣に座り込んだジウも、一緒に泥を掻き始めた。泥にまみれてもジウの白い手は濡れも汚れもせずに、真っ白なまま泥を掬っていく。

「けっこう大きいね」

顔を見せていた板の端は、本当にほんの先の部分で、周りを掘っていくうちに、箱の形が見えてきた。一辺の長さは六十センチくらいあり、全部を掘り起こすのには、かなり時間が掛かりそうだ。

「大丈夫。掘っていけば、そのうち全部出てくるから」

ジウと、自分にもそう言い聞かせ、貴琉はひたすら土を掘った。

ゴロ石を除け、土が硬くなっているところは、その辺に落ちている木の枝で突いて解し、また手で掻いて土を除けていった。

斜めになったまま土に埋まっている祠の三分の一ほどが見えてきた。

「屋根の半分と、これは扉みたい」

「ああ、そうだな。私の祠だ」

「誰かが作ってくれたの？」

三角の屋根に扉のついている四角い箱は、人の手で作られたものだ。遠い昔、ジウがここに住めるようにと、誰かが作ってくれたのだ。

「そうだ。ここに大池があった頃は、この辺りまで人間も来ることがあってな。この祠を造り、時々は供え物なども置いていった」

「それって……。じゃあ、ジウって神様ってこと？」

祠と言われてもピンとこなかった貴琉だが、ジウの話を聞いているうちに、これは神を祀るためのものだということが分かってきた。

貴琉が驚いていると、ジウはにっこりと笑い、「そうでもあり、そうでもなし」と、また曖昧なことを言う。

祖母の言っていたことは本当で、ジウはこの辺りを統べる山神様だったのか。だけど伝承では、大蛇と戦って負け、ここから追い出されたはずだ。

どういうことなんだろうと、頭に疑問符を浮かべながら、半分出てきた祠の泥を手で拭う。三角の形をした屋根の真ん中に、彫刻のようなものが施されてあり、なんの模様だろうと、貴琉は目を凝らした。

彫刻の大きさは貴琉の拳ぐらいで、渦巻きのような形が彫ってある。

「……なに？　これ。……え？」

よく見れば、それはとぐろを巻いた蛇だった。

ヒュッと喉が鳴り、身体が硬直した。貴琉の大嫌いな蛇の絵が、ジウの祠に刻まれていた。

「ジウって、……大蛇？」

祖母が言っていた。この山の神を追い出した大蛇は、山の沼に住み、人を騙し、沼に引きずり込み、丸呑みにするのだと。

ガクガクと身体が震え、思うように動けない。ジウの顔を見て本当のことを聞こうと思うのに、首が固まったように動かず、ジウの目を見られなかった。

「貴琉。ああ、違うのだ。誤解だ。違う」

ジウが慌てたように否定する。だけど、ではどうしてここに蛇の彫刻がしてあるのか。これはジウの拠り所の祠だと、ジウ自身が言っていたのに。

何が本当なのか分からない。

「貴琉、聞いておくれ、私は……」

「待って……、ジウ、近づかないで。待って、待って……っ」

ジウが近づいてきて、貴琉は尻餅をついたまま後退った。

「貴琉……」

ジウが何かを言おうとしたとき、突然空が光り、ビシャーンッ！　と、もの凄い音がした。貴琉は悲鳴を上げ、気が付いたら泥の中に突っ伏していた。空の上ではゴロゴロと雷が鳴っている。すぐ近くに落ちたらしい。

「貴琉、大丈夫か」

ジウの冷たい掌が貴琉の肩に置かれ、びくん、と身体が跳ねた。立ち上がろうとしたら膝がカクンと折れ、再び泥の上に手をつく。

身体が思うように動かない。空の暗さと雨の重さを今頃になって感じる。心臓がバクバク鳴り、呼吸が苦しい。

「……お家に帰りたい。怖い、怖い、お家に帰りたい」

涙がボロボロとこぼれ落ち、しゃくりあげながら訴える。

「分かった。貴琉、家に帰ろうな。ほら、立てるか」

肩に置いてあった手が貴琉の腕を摑み、ひやりと湿った冷たさに、「ぎゃ」と声が出た。ジウの手がスッと引き、「貴琉……」と、困ったような、寂しそうな声がする。

「ごめ……な、さい」

喉を詰まらせながら貴琉が謝ると、ジウは目を和ませ、「平気か？　貴琉」と、優しい声を掛けた。

自力で立ち上がろうとする貴琉を、ジウが今度は手を出さず、じっと見守っていた。

ようやく立ち上がり、ヨロヨロと歩き出したところで、再び雷が大きな音を立てた。地面が割れるような轟音《ごうおん》と、凄まじい稲光に、貴琉はとうとう精神の均衡を崩し、泣き叫びながら走り出した。

ジウの声が後ろからしたが、早くこの場から逃げたくて、滅茶苦茶になって走る。

泣き叫んでいる自分の声さえ耳に入らず、必死になって足を動かしているうちに、長靴が泥に嵌まり、足だけが抜けた。腕が空を掻き、前のめりになっていた身体が浮く。

気が付いたら貴琉は顔から泥に突っ込んだまま、地面に倒れていた。

「貴琉！　平気か」

ジウの必死の声がする。泥だらけになった身体が重く、それでも足を動かした途端、ビリッとした痛みが左足に走った。痛む場所に目を向けると、ズボンが破け、そこから血が出ている。

貴琉が転んでいるすぐ側には、折れた木の枝が泥に刺さっていた。転んだ拍子にそれで足を切ってしまったらしい。

くるぶしからふくらはぎまでを一直線に裂いた傷はかなり深く、血がドクドクと流れ出ている。

「ああ、……ああ、足、切れちゃ……っ」

泥と血で赤黒く染まっていく自分のズボンを、貴琉は茫然と眺めた。

「貴琉、貴琉……、ああ酷い傷だ。貴琉」

貴琉の足下に跪《ひざまず》いたジウは、血が噴き出ている足を眺めながら、狼狽《うろた》えたように貴琉の名前を呼んでいる。

「これは……むごい、貴琉。痛いな。今、どうにかしてやるから」

両手で貴琉の足をそっと包み、ジウが目を閉じ、ブツブツと何かを呟いた。

ジウに摑まれた足が冷たくなっていく。

「う……」

冷たさと同時に皮膚が硬くなっていくような妙な感触に、貴琉は思わず足を引こうとするが、ジウがガッチリと摑んでいて、逃げられなかった。

「う、……う。ジウ、放して……、こわ……ぃ」

怖い。怖い。足が変だ。自分の足じゃないような変な感覚がする。

ジウに触れられている左の足だけ異常に冷たい。顔に当たる雨も、体中に纏わり付いている泥も温かいと感じるほどに、そこだけが凍ったように冷たかった。

「あ、あ、ああ」

ジウが手を放す。現れたのは、膝の下からびっしりと銀色の鱗に覆われた、自分の左足だった。

「……何したの？　嫌だ、嫌だぁあああ！」

大嫌いな蛇の模様が自分の足に張り付いている。貝のように重なって生えている鱗を指で引っ掻き、剝がそうと必死になる。

「貴琉、剝がすな。傷が広がる。しばらくそのままに……」

「嫌だ、嫌だっ、取ってよ！　取ってぇ」

自分の身体の一部が、おぞましいものに変えられてしまう。

「蛇になっちゃう！　僕、蛇になっちゃうっ、いやぁあ、取って、とってぇええ」

泣き喚く貴琉を、ジウが「辛抱してくれ」と宥めるが、大人しく聞けるはずがない。

「蛇嫌い、大嫌いっっ！　やめてぇっ、これ、嫌だ、ぃやぁああだぁ」

「貴琉、剝がしてはいけない。一時のことだから、貴琉」

「気持ち悪い、気持ちわるいっ！」

「こうするほか手立てがないのだ。どうかしばらくこれで辛抱してくれ。すぐに治してやりたいが、今の私では……」

「ぃいいいやあぁあ、蛇嫌だぁ、ああ、あああああ、あ――――っ！」

雷の音も、顔を叩き付ける雨も、何も聞こえず何も感じない。雨なのか涙なのか泥なのか、それらの全部なのか、目の前が煙り、見えなくなっていく。

「貴琉、すまない。すまなかったな。貴琉……少しの間、眠ってくれ」

真っ白なモヤモヤが何かを言っていた。足だけだった冷たさが、身体全部を覆っていく。

ああ、僕はこのまま死んでいくんだと思いながら、目の前にある白いものを見つめているうちに、瞼が重くなっていった。

※※※

窓から見える景色は、すべて灰色だった。

電車がトンネルをいくつも抜け、そのたびに灰色の山が姿を現す。水墨画のような景色を眺めながら、貴琉は泣いていた。

「ジウ……」

ジウのもとへ行こうと電車に飛び乗り、目的地へ向かいながら、貴琉はすべてを思い出していた。

「なんて酷いことを……」

あの沼地で転んだとき、貴琉の左足はかなりの大怪我だった。だが、病院で手当てを受けたときには、傷はほとんど塞がっていた。ジウが鱗で傷を包み、癒やしてくれたのだ。

それなのに、ジウの言葉に耳を貸さず、泣き叫び、罵った。

意識を失っていた一週間、貴琉はどうしていたのだろう。貴琉が発見されたのは、山の麓付近だったと聞いている。もういつもの待ち合わせ場所までも行けなくなっていたジウは、どうやってそこまで貴琉を連れていったのか。消えかけた力を極限まで奮い、身を削って貴琉を運んだのかもしれない。

「ごめん、ジウ。……ごめんなさい」

電車の窓に額を付け、謝罪の言葉を繰り返しながら、涙が止まらない。

全部思い出してしまった。ジウの力が尽きてしまった。もう、……会えない。

走る電車の規則正しい振動が、身体に響いてくる。

車内は乗客が少なく、泣いている貴琉に気付く人もいない。

台風であの祠は再び沼の底に沈んでしまったのだろう。消えることを悟ったジウは、最後に貴琉に会いに来てくれたのだ。

「どうして言ってくれなかったんだよ」

祠が再び沈んでしまったと、消えてしまいそうだと、どうして貴琉に助けを求めてくれなかったのか。言ってくれれば一緒にあの北の山に向かい、掘り起こしてあげたのに。何故貴琉の記憶を消し、黙って出ていってしまうのか。

どうしてと、心の中で恨み言を重ね、そしてあの沼地で自分がジウに与えた仕打ちを思い出す。

またあんなふうに貴琉に拒絶され、罵られることをジウは恐れたのだ、きっと。

「ジウ、……ごめん」

胸が痛くて潰れそうだ。

祠は完全に沈んでしまったんだろうか。北の山は今、どんなふうになっているのか。

真っ黒な沼地の泥に埋まりかけた祠の前で、じっと佇んでいる白い人の姿が脳裏に浮かぶ。

「……まだ諦めちゃ駄目だ」

鼻を啜《すす》り上げ、窓から見える山々を眺めながら、貴琉は呟いた。

「まだ消えたと決まったわけじゃない。ジウに会わないと。会える。……会いたい」

望む者があれば、自分は生きられるとジウは言った。

自分を蘇らせてくれるのかと、ずっと一緒にいてくれるのかと、白い顔を綻ばせていた。

ジウの冷たい指に小指を絡めて約束した。

待っていてほしい。消えないでそこにいて。今度こそ僕が、ジウを必ず助けるから。


改札を出ると、貴琉は真っ直ぐ北の山へ向かった。

駅は自動改札になっていて、昔母に声を掛けてくれた駅員の姿も見つからなかった。駅前にはタクシーもなく、二軒あった商店も、建物だけを残し廃業していた。

雨は降り続き、十四年振りにやってきた白永町の景色は、すべてが灰色だった。

駅を過ぎて十分も歩くと、かろうじて町の様相を保っていた景色が変わっていく。四方を山に囲まれた、畑と小さな田園の風景が目の前に広がった。

学食で声を掛けてきた学生の言っていたとおり、北の山の形が大きく変わっていた。裾野が削られ、赤茶色の山肌を晒している。山の入り口に通じる田んぼの畦道は途切れており、立ち入り禁止のロープが張ってあった。

ここから山には入れそうにないと判断し、貴琉は別のルートから山に入ることにした。草ボーボーの秘密の道は、今もあるだろうか。

　急ぎ足で歩く貴琉とすれ違う人は誰もいない。雨のせいもあるだろうが、住んでいる人の数も激減したのだろう。寂れた町の風情だった。

　たった半年過ごしただけの土地だったが、貴琉の足はしっかりと道を覚えていた。迷いのない足取りで歩いていくと、見知った場所に辿り着いた。うち捨てられた畑の跡。草の背丈は貴琉の胸ぐらいにまで成長していた。

　草を掻き分けて奥へと進む。幸いこちら側は土砂崩れの影響はなく、ここから山へ入れそうだ。

「待ってて、ジウ。今行くから」

　リュックを背負い直し、貴琉はジウの待つ沼地を目指し、北の山へと入っていった。

　山道はあちこちが崩れ、鬱蒼としていた木々も、枝が大きく折れていたり、かろうじて斜めになったまま根を張っているものが多く、中には根こそぎ倒れている木もあった。躓かないように用心しながら、倒木を跨ぎ、枝を掻き分け進んでいく。

　山の景色は変わってしまったが、歩いているうちにだんだんと土地勘のようなものが戻ってきた。毎日のように通っていたジウの山だ。もう迷子になることはない。祠のある場所に必ず行けると、貴琉には不思議な確信があった。

　やがて、見覚えのある小さな空き地に辿り着く。林の切れ間にあるここは、ジウと貴琉の遊び場だったところだ。二人並んで腰掛けた倒木もそのままあった。

夢でも幻でもない、貴琉がジウと過ごした場所が、確かに実在している。

「ジウ、ジウー！　来たよ。ジウゥーッ」

貴琉の声が雨の山に響く。白い人は現れてはくれない。それなら自分が彼のもとへ行こう。

広場を抜け、更に上を目指す。絶対に見つける。ジウを助け出す。昔と同じように、ジウの名前を呼びながら、貴琉は真っ直ぐにジウのもとへと向かった。

雨は止む気配もなく、身体を叩くように降り続いていた。貴琉は傘を差さずに、それを杖代わりにしながら、ぬかるむ山道を登っていった。

息が弾み、汗が滴り落ちる。

あの頃は覆うような木の枝が傘の代わりをしてくれたが、今はそれらもなくなっていた。山は変化する。そういえば、ジウがそんなことを言っていたっけと、山道を行きながら、貴琉はジウとの会話を思い出していた。

山も森も、人の住む町も変わっていくと言っていた。騒がしい場所は好かないとも。人の変化はめまぐるしくて、ついていけないと言って笑っていた。

そんなジウが貴琉に会うために、飛んできてくれた。昔はもっといろいろなことができたと言っていた。人の形をとるのには力がいると、だから容易に姿を変えられないのだとも言った。

泣き叫ぶ貴琉に向かい、すまないと、何度も謝っていた。

祠が沼に沈み、形を取れないほどに力を失っていく中、ジウは貴琉に会いに行くために、どれほどの力を使い、飛んできたのだろう。

ジウとのことを思い出しているうちに、また涙が溢れ出てきた。

「ジウ……、今行く。だから無事でいて」

駄目だ、今は泣くときじゃない。自分を叱りつけ、とにかくあの場所へ行こうと、貴琉は山道を登り続ける。

子どもの頃は一時間近く掛けて歩いた道を、今はその半分ほどの時間で進み、とうとう目的の場所に辿り着いた。

「何も……なくなっている」

池だったものは形もなく、泥の中に倒れた木々が埋まっているような光景に、貴琉は息を呑んだ。かろうじて窪みを作っていたぬかるみは境をなくし、一面が泥の海と化していた。祠の側に生えていた大樹も倒れてしまったらしく、目印になるようなものが何もない。

想像していたよりも酷いことになっている元の沼地を、貴琉は茫然としたまま見つめていた。

「あの樹、どこら辺だったっけ」

大きく傾いでいた樹の根元付近に祠は埋まっていたはずだ。方角の見当はつくが、正確な場所が分からない。

「……ジウ、いるなら返事をして。ジウ、僕、来たよ。ジウ、ジウーッ！」

半分近くは掘り起こしたはずの祠の片鱗も見つからなかった。見当をつけた場所の泥を掻いてみるが、木の枝や枯葉が出てくるだけで、板らしきものが手に触れない。闇雲にあちこち掘り起こしても時間を食うだけで、だけどそれ以外に方法が見つからないのだ。

「ジウ、……ジウ」

リュックからシャベルを取り出して、取りあえず大きな樹が倒れている場所の近くを手当たり次第に掘って回った。大木はそこかしこに倒れていて、どれがあの大樹だったのか、分からない。

「どうしよう。何処なの？　何処に埋まっているんだよ！」

焦りばかりが募り、何もいい考えが浮かばない。心臓が痛かった。こんなことをしているうちに、泥に押されて、祠が壊れてしまう。

「ジウ、ジウ、返事をして。姿を現さなくてもいいから、声だけでも聞かせて」

穴を掘り、泥を掻き分け、枯葉を掬い上げ、更に深く掘り進める。

「ここじゃない。あの辺か……？」

また別の場所を掘り始め、埋まっている木の枝を引っ張って抜いた。

「分からない。何処にある？　ジウ。目印ぐらい付けといてよ！」

文句を言いながらも手を休めずに、次々と泥沼を掘り返していく。

「助けるから。絶対に見つけてみせるから、ジウ、待っててよ」

広がる泥の海をすべて掘ることになっても止めないと決意して、手も服も泥で真っ黒に汚しながら、貴琉はシャベルを動かし続けた。

「あ、これ……」

五カ所目の穴を掘っているとき、枝でも枯葉でもないものを、土の中に見つけた。紐状のそれを掌に乗せ、じっと見つめる。蔓のように見えるが、輪っかになっているそれには、植物の色にはないピンクや青の色が微かについていた。

「僕のミサンガ……」

泥まみれになっている細い組紐は、貴琉がジウに付けてあげたミサンガだった。

「ジウ、ジウッ、ジウ、……ジウ、ジウ、ジウ！」

ミサンガのあった場所を、一心不乱に掘り続ける。

「お願い、出てきて。ジウ、ジウ……ッ」

カツ、と、今までとは違う手応えがして、貴琉はシャベルを捨て、両手で土を掻き分けた。片鱗が見えてくる。自然の木ではない、人の手で加工された箱の一辺だ。

「見つけた。ジウ、今掘り起こしてあげるから」

シャベルで外側を掘り、板の周りは手で土を掻いた。六十センチほどの四角い箱が姿を見せ始める。

汗が滴る。指先の感覚はとっくになくなり、いつの間にか手の甲に切り傷がつき、血が滲んでいた。夢中で土を掻いているうちに、木の枝で引っ掻いてしまったらしい。それでも休むことも考えず、貴琉はひたすら土を掘り続けた。

木肌は長い間泥に浸かったせいで、本来の色を失っている。箱の下部は朽ち、指が当たるだけでボロボロと木片が剝がれていく。傷をつけないように慎重に祠の周りの泥をはらう。

一番深くまで埋まっている箇所の土をすべて取り去ると、祠全体が姿を現した。

三角の屋根と、格子の観音扉《かんのんとびら》。屋根が合わさる真ん中には、とぐろを巻いた蛇の紋がある。

祠の形をかろうじて保ってはいるが、下の部分はボロボロで、今にも板が抜けてしまいそうだった。

「ジウ、いるの？　祠、まだ壊れていないよ……？　ジウ……」

壊さないようにそっと持ち上げ、泥海の中に残る草地の上に祠を置いた。リュックからタオルを取り出し、丁寧に汚れを拭ってやる。

「ジウ、出てきて。声だけでいい。お願いだ。ジウ」

十四年前、これを掘り起こそうとして途中で放棄してしまった。

あのとき最後まで掘り起こし、安全な場所まで移動しておけば、こんなことにはならなかった。

「ジウ……、ごめんね。ジウ、お願い、返事をして。会いたい、ジウ、……ジウ——ッ」

滴り落ちる涙に構わず、貴琉は祠を撫で、ジウを呼び続けた。

大粒の雨が貴琉と祠を容赦なく打ちつける。雨に打たれてもジウは濡れなかったのに、ジウの住処の祠は水を吸い込み、どす黒く変色している。

「ジウ、……間に合わなかった？　ジウ、ジウ……ッ」

泣いても叫んでも、貴琉を呼ぶあの優しい声が聞こえてこない。

どうしてもっと早く思い出さなかった。

どうしてあのとき、自分は祠を放り出して逃げてしまった。

どうして、どうして、と過去を振り返り、後悔が押し寄せる。

「ジウ、お願いだ。生き返って。消えないで、……ジウ。約束したじゃないか」

ずっと離れないで一緒にいようと、指切りげんまんをしたのに、貴琉を一人山に置き去りにして、消えてしまったというのか。

ずぶ濡れになったまま、雨から祠を庇って覆い被さり、何度もジウの名を呼ぶ。

「蛇でもいい。食べられてもいいから、蘇って。ジウ、ジウッ！　……お願い。僕はどうなってもいいから、生け贄《い　にえ》がいるなら僕がなるから。神様お願いします。お願いします……！」

屋根の中心に刻まれている蛇の文様《もんよう》を指で撫で、どうか、どうか、と神に祈った。

「ジウ――――ッ！」

「……私はおまえを食べたりはしないぞ。食べるわけがないではないか」

泣いている貴琉の頭の上から不意に声が聞こえ、同時にふわりと乾いた風が頬を撫でた。降りしきる雨の中、何かが貴琉の涙を拭ってくれる。

顔を上げ、必死に目を凝らした。宙を見つめる貴琉の頬を、さわさわと乾いた風が撫でている。

「ジウ……？」

「泣くな。貴琉」

「ジウッ、ジウ、……ああ、ぁああ、ああ――っ」

ジウの声が聞こえ、貴琉は大声を放った。

「ああ、泣くなと言っているのに」

「ジウ、……よかった。ジウ、もう、会えな……っ、かと、思っ……、僕、あ、ああ……」

しゃくり上げながら、見えないジウに向かって、これまでの不安と恐怖を訴える。

「呼んでも、返事……、なく、て、……っ、ぅ、うぅう、もう、間に合わな……て……ぉも」

「ほらほら、泣き止め。間に合ったのだから、泣くことはない」

姿がないまま、ジウが子どもをあやすように貴琉を宥め、なんとか泣き止ませようと苦心している。

「生け贄だなどと物騒なことを言うから、慌てて出てきたのだろう?」

「それなら、もっと、早く出てきてくださいよ……っ」

流れ出る涙を止める術もないまま、ジウに悪態を吐く。どれほど心配し、もう駄目なのかと絶望したことか。それなのに、この軽い登場の仕方はなんなのだ。

「ああ、そうだな。すまなんだ。私が悪かったから、もう泣き止め。まったく、おまえは私の山に来ると、泣いてばかりいる」

困った声を出し、姿のないままのジウが、貴琉の頬をずっと撫でてくれる。

「おまえをあやすのにいつも往生したものだ。大人になっても泣き虫は変わらないな」

「……泣き虫なんかじゃないですよ」

前と変わらない穏やかな声に、貴琉は涙を流しながら、ようやく笑顔になった。

「間に合ってよかった。この辺、地形も変わっちゃってるし、祠の埋まっている場所が分からなくて、もう駄目かと思いました。いくら呼んでも返事もないし」

「それはすまなんだ。祠に籠もり、奥深くで眠っておったでな」

「呑気に眠ってる場合じゃないでしょうが」

ジウの無事を確認し安心したと同時に、だんだん怒りも沸いてきた。姿のないジウを睨み、恨み言をぶつける。

「もう、急にいなくなるから、びっくりしたじゃないですか……！　黙って出ていくなんて、ジウ、酷いよ」

「おまえに会いに飛んでいくのに、だいぶ力を使ってしまったのでな。あれ以上は姿を保っていられないと思い……」

「だからって、記憶を消すことないでしょう？　取り返しがつかなくなるところでしたよ」

「ああ、失敗してしまったな。思い出させるつもりはなかったのだよ。私の神通力もそれほどに弱まっていたのだな」

ただ最後に会いに行きたかったのだと、言い訳のようにしてジウが言った。

「祠の崩壊までにはまだ少し猶予があったが、おまえのもとまで飛んでいくには、もうこれが最後の機会と思ったのだ。本当は、姿を消したまま、おまえの姿を見るだけと思っていたのだが」

貴琉の住む町まで飛んでいき、姿を目に収めただけで戻ろうとしていたジウは、事故に遭いそうになった貴琉を咄嗟に助け、貴琉の前に姿を現してしまった。

「久方振りにおまえと接するうちに、もう少しおまえと過ごしてみたいと、欲が出てしまった」

すぐにも去ろう、明日には去ろうと心に決めながら、それでも貴琉のもとを去りがたく、乞われるまま側に居続けてしまったと。

「おまえは次々と、私に魅力的な提案をしてくるものだから、困ってしまった」

貴琉の重荷になるようなことにはなるまいと思っていたのにと、ジウが沈んだ声を出す。

「記憶を消すのにも失敗し、過去のことまで思い出してしまうとは……。いらぬ苦労を掛けてしまったな。思い出してほしくはなかった」

「ジウ、そんな悲しいこと言わないで……」

貴琉に何も言わずに、思い出させもせずに、ジウは一人で祠に籠もり、消えていこうとしたのだと思うと、胸が詰まり、再び涙が溢れてくる。

「ああ、泣くな、泣くな」

「だって、ジウが酷いことを言うから」

「すまなんだ」

謝罪の声と共に、貴琉の頬をさらさらとジウが撫でる。

「謝らないで。先に酷いことを言ったのは僕だから」

十四年前、最初にこの祠を掘り起こしたとき、蛇の紋を見てパニックを起こし、酷い言葉をたくさん投げつけてしまったのは貴琉だ。

「ジウ、ごめんね。あのとき僕、酷いことを言った。足の怪我も、ジウが治してくれたんでしょう？　それなのに、気持ち悪いとか、取って、とか騒いで」

「いいのだよ、貴琉」

モヤモヤふわふわと宙に漂ったまま、ジウが優しい声で貴琉を慰める。

「おぞましい記憶を思い出したのにもかかわらず、おまえはこうしてここまで来てくれた」

「おぞましくなんかないよ。全然。ジウとの思い出は、楽しかったものばかりだ」

毎日のように待ち合わせ、呼べばいつでも迎えにきてくれた。一緒に山を探検し、秘密基地を作ろうと約束した。ジウのことが大好きだった。ジウも同じだと、貴琉を好きだと言ってくれた。

記憶を消されていても、思い出は胸の奥深くに残っていた。だから貴琉はずっと満たされていた。親友も恋人も必要なかった。

ジウ以上に大切に思う人なんかいなかったから。

「ジウ、これ」

ポケットに入っていたものを取り出し、ジウに見せる。掌に載っているのは、貴琉がジウにつけてあげたミサンガだ。

「……ああ、おまえが見つけてくれたのか。なくしてしまって往生していたのだ」

ジウが嬉しそうな声を出し、「よかった」と言っている。

「ここにようやく辿り着いたはいいが、そのまま力が尽きてしまい、気が付いたらなくなっていたのだよ。貴琉にもらった大事なものだ。ああ、見つかって本当によかった」

喜んでいる声を聞き、ジウは本当に極限の状態で貴琉に会いに来ていたのだと、今さら思い知った。それなのに引き留める貴琉の我が儘を聞き、限界を迎えるまで一緒にいてくれたのだ。

「ジウ……」

そんなにまでして貴琉に会いたいと、そう思ってくれたことが嬉しい。

「ジウ、僕、ジウが大蛇でもかまわない」

ジウが側にいてくれたら、それでいい。

「あのときは本当にただびっくりしただけなんです。それに、子どもだったし、今はもう、そんなこと全然ない。だから僕は……」

「貴琉、私は大蛇ではないぞ」

姿が見えないままのジウが、きっぱりとした声で否定した。

「え、でもこの祠の印は……?」

「それは、祠を作った者が、私の守護として、彫ってくれたのだ」

「守護？」

「そうだ。この辺りには昔、大池があったと言っただろう。蛇は水を護るものだ。それで私の眷属である蛇を遣わし、祠に紋を刻んでくれたのだよ。おまえのばあさまの言っていた伝承も、おそらくはそのあたりから来ているのだと思うぞ」

大蛇と山神が戦った過去などなく、また、様々な天災がこの山に降りたという歴史は、ジウがここに生ずるずっと以前のことであり、それらの話が絡まり、伝承が生まれたのではないかと言った。

「多く天災が降るこの地に私を呼び起こしたのも、ここに住む人々の祈り故だったのかもしれぬ。私も人の信心が届いているうちは、この地に降りかかる厄災を除ける役割を果たせたのだが」

「ジウは山神様なんですか？」

「そうでもあり、そうでもなし。私はこの地に生じ、この地に住まうものである。人の祈りのあるうちは」

人がジウを認め、祈りを捧げているうちは、ジウは本来の姿も力も保ったままでいられた。だが、そのうち人々はジウの存在を忘れてしまい、ジウは信仰の残る祠を拠り所として存在し続けた。そして祈りも祠も失ったとき、ジウも消滅する運命にあるのだと言った。

「おまえが祈ってくれたのだろう？　だから私はおまえの声に導かれ、こうしてまたこの世に戻ってこられた」

貴琉の頬を撫でる風が、ふわふわとした柔らかい光となって、目の前に浮かんでいた。

「僕が?」

「ああ、そうだ。力をなくし、消えていくのを待つばかりの私の耳に、お前の声が届いた。だから今、私はこうしてここにいる」

「僕の声が、ジウをここに引き戻したんだ」

「そうだよ。なかなか物騒な祈りだったがな。生け贄など、私はそのようなことは望まない」

祠をようやく掘り起こし、それでもジウの姿が見えず、貴琉は絶望の中で神に祈った。自分を引き換えにしてでも、ジウを蘇らせてくれと。

「……っていうことは、僕はジウを蘇らせてって、ジウにお願いしていたってこと?」

目の前に浮かぶ光が柔らかく揺れ、「そうなるな」と言った。

貴琉の信心がジウのもとに届き、ジウは再び力を取り戻し、現世に現れたのだ。

「……なんか凄い」

「お前の声は、今まで聞いたどれよりも力強く、凛《りん》として私のもとに届いた。お前の祈りは、私に再び力を与えてくれたのだよ」

光のジウがそう言って、「感謝する」とふわふわと揺らめく。

「現実に、貴琉。私は今、本来の形を取り戻すまでに力を回復している」

「本当?」

「ああ。まだ人の形をとるまでには至らぬがな。本来の姿を取り戻すにしても、掌ほどがせいぜいだが」

「本来の姿ってどんな？　見たいです」

「……いや、まだ力が足りぬのでな。無理だ」

「今、掌サイズならなれるようなことを言いませんでした？」

「そのようなことを言ったか？」

「言いましたよ。形を取り戻すぐらいまで回復してるって！」

ジウのふわふわが動揺したように点滅した。

「いや、まあ、いいではないか。人の姿になるまでしばし待てばよい。ほら、祠もこのように掘り起こしてもらったのでな。そうそう時間も掛かるまいよ」

「待てません。今会いたいです、ジウに」

「だからそれは……」

「どんな姿でもいい。目に見えるジウと会いたい」

ジウがふわふわしながら「うぅ……」と唸っている。

「どんな姿でも僕は驚きませんよ。たとえ蛇でも」

「蛇ではない。……が、ちと、似ている……かもしれぬ」

蛇に似ているというジウは、蛇が大嫌いだと言った貴琉の前に、姿を現すことを躊躇しているようだ。

「ジウ。姿を見せて」

ふう、と光のままのジウが溜息を吐き、「泣くなよ？」と念を押した。

「泣きません。たとえ目が四つあっても平気です」

「目はそんなにないぞ」

「一つでも平気」

「いや、二つだが」

「ジウ、早く姿を見せて」

グダグダ言っているジウに催促をすると、ジウは観念したようで、貴琉の側から離れ、地面に降りた。

気が付くと、雨はいつの間にか上がっていた。

柔らかな光が徐々に広がっていき、やがて眩しいほどに光り輝く。キラキラと虹色に色を変えながらそれが膨らんでいき、爆発するように飛び散った。

光の消えた草の上に、それはいた。

細長い身体に長い尻尾、四つの足を持つその形状は、蛇というより一見トカゲに似ているが、流線型の顔の上には二本の角が生えていた。身体全体をびっしりと覆っているのは、銀の鱗だ。

蛇にもトカゲにも似ていて、だけどそのどちらでもない。そして、貴琉はこの姿を持つものを知っていた。

「あ、え？　これってもしかして、……龍？」

目の前に現れたのは、銀白の龍だった。

どんな異形なのかと内心ドキドキしていた貴琉は、ジウの見せてくれた予想外の姿に、しばし言葉を失った。

茫然とその神々しい姿を見つめている貴琉にチラリと視線を向け、ジウが、ほう……と溜息を吐き、項垂れる。

「だからおまえの前に姿を現したくなかったのだ」

「え、なんで？」

ジウが落胆した声を出すので、貴琉は驚いて聞いた。

「だって、……鱗があるだろう……？　おまえはこれが嫌いなのだろう？」

ボソボソと小さな声でジウが身体に纏う鱗の存在を憂いている。

「そんなことないです」

「嘘を言うな」

「嘘じゃないです。ジウ、凄く綺麗」

貴琉の褒め言葉に、ジウがまたチラリと視線を寄越し、フン、と鼻を鳴らした。

「本当ですってば。ジウって、龍神様だったんですね。凄い」

「そうともいうし、そうでもない。凄くもないし、どうでもよい。鱗があるし……」

神々しい姿を持つ掌サイズの龍神様が、いじけている。

「触ってもいいですか?」

伺いを立て、貴琉は両手をジウのほうに伸ばした。

しゃがみこんだ貴琉をジウが見上げ、差し出された掌の上にチョン、と乗ってくる。

「……ちょ、……か」

「ん? 『ちょ、か』とはなんだ?」

「……可愛い」

「なんと。この私が可愛いとな」

そう言って首を傾げているジウの仕草が壮絶に可愛い。

「滅茶苦茶可愛いです。手乗り龍とかもう……」

「しかし私には鱗があるのだぞ? それでも可愛いと言うのか」

いつか貴琉の言ったことに、ジウは相当傷ついたのだろう。身体を覆う鱗を疎んじ、己の姿を恥じている。

「ジウ、僕はもう、鱗も蛇も怖くないですよ。そりゃ、首に巻いてみろって言われたら、ちょっとごめんなさいですけど。でもジウなら首に巻きたいかも。だってこんなに綺麗で、可愛い生き物いませんよ」

「そう、か……？」

こんなに可愛らしい姿なら、いつでも胸ポケットに入れて連れ歩きたいぐらいだ。

「ジウ。もう僕は、子どもの頃のような恐怖心は持っていないです」

子どもの頃は、なんでも闇雲に怖がる時期がある。あの頃はお化けが怖く、蛇が怖く、友だちのいないことが怖かった。

だけど今、貴琉が恐怖だと思うのは、ジウを失うことだけだ。

「ジウのこの鱗、凄く綺麗」

手の上に乗っている滑らかな鱗を指で撫でる。ひんやりと冷たい感触は、人の姿のときのジウの肌と同じだ。

「ジウ、神通力は、まだ全然回復していませんか？」

「ああ、まだそれほど大きな力は使えない。だが、姿を消したり、空もちょいとなら飛べるぞ」

「僕、手を怪我しちゃったんですよ」

さっき祠を掘り起こしているときについてしまったスリ傷を、ジウに見せる。

「これ、治せない？」

手の甲についた赤い線を見つめているジウが、貴琉を見上げた。

「……それぐらいならできるが」

「じゃあ、やってください。前に僕の左足を治してくれたみたいに」

貴琉が差しだした右手に、ジウの長い身体が巻き付いてくる。手が冷たくなり、肌が硬くなっていく感覚が訪れた。

「ん……」

覚えのある感覚。あのときジウは、必死に貴琉の怪我を癒やそうとしてくれた。

やがてジウの身体が貴琉の腕から解け、もう一度掌に乗ってきた。ジウの離れた右手は、銀色の鱗に覆われていた。

「……綺麗」

キラキラと光る鱗に飾られた自分の右手を眺めている貴琉を、ジウもじっと見つめている。

「ジウ、ありがとう。ジウがいてくれてよかった」

「私もだ。おまえと出会えてよかった。よくぞ私を救いに来てくれた」

ジウが消えないでくれてよかった。ジウと出会えてよかった。

「約束したよね。ずっと一緒にいようって」

「ああ、約束したな、貴琉」

美しい龍の形をした愛しい者が、貴琉を見つめ、目を細める。

掌にいるジウの小さな手に、自分の小指を絡め、今度こそと、新しい約束を交わした。

改札を抜け、真っ直ぐ北の山へと向かう。

いつものように大きなリュックを背負った貴琉は、通い慣れた道を軽やかな足取りで進んでいった。

ここ数日は晴天が続き、今日も見事な秋晴れだ。十一月も中旬を過ぎ、白永町を囲む山々は、そろそろ紅葉の時季も過ぎ、冬支度を始めている。

大学が休みのたびに、貴琉は白永町を訪れていた。電車に乗り、ジウに会うために通っているのだ。

冬休みになったら毎日ジウに会えると心待ちにしているところだ。問題は、白永町には観光施設がなく、長逗留できる宿がないことだった。冬山に長期キャンプを張るわけにもいかないし、電車で少し行ったところにある観光地に宿を取るしかないかと思っている。

そのためには軍資金を作らなければならず、平日は大学が終わってからバイトをみっちり入れている。講義も課題も真面目に取り組み、日曜になると、こうしてジウの待つ山まで通っている。忙しくも充実した毎日を送っている貴琉だ。

台風と長雨で被害を受けた北の山の裾野も、天候が安定してきたこともあり、本格的な復旧作業に入っていた。流れ出た土砂を撤去し、地盤を整備しながら、次の災害を防止するための工事も進んでいるようだ。

田んぼの畦道から行く山道は完全に封鎖され、貴琉は自分の見つけたいつものルートから山へと入っていった。

十四年前と比べ、山の風景はずいぶん変わってしまったが、木々たちは生気を取り戻し、枝を張り、葉を茂らせている。春になれば新芽が芽吹き、また違う景色となっていくのだろう。秋晴れの空が木々の間から青々とした色を覗かせていた。キンとした空気が清々しい。

しばらく登ると、林の途切れた小さな広場に辿り着く。

「ジウ」

貴琉が呼ぶと、ふわりと風が起こり、銀白の鱗を持つ美しい龍が姿を現した。以前は掌に乗れるくらいだったのが、今はずいぶんと大きくなり、貴琉の背丈に届くくらいだ。

頭に生えた二つの角のうちの一つに、貴琉があげたミサンガが結ばれている。貴琉が泥の中から拾い上げ、綺麗に洗ったものを、ジウはずっと大切に身に着けてくれている。

「貴琉、よく来たな」

そう言いながら、ジウが長い胴をくねらせ、貴琉の身体に巻き付いてくる。銀色の鱗が光を反射し、キラキラと輝いているのが綺麗だ。

「一週間のうちにまた大きくなったね」

「もう完全に元の姿を取り戻したぞ」

「そうなの？」

「ああ、本来はもう少し嵩《かさ》があるのだが、この大きさが、塩梅《あんばい》がいいのでな。ほら、こうしてな」

そう言いながら、ジウがくねくねと貴琉に絡みついてくる。その仕草は、蛇というよりもなんだか猫のようで、貴琉は笑った。

「さあ、上へ行こうか」

ジウと連れだってジウの住処のある沼地まで登っていく。貴琉たちのあとをついてくるように鳥の囀《さえず》りが聞こえた。

「ずいぶん賑やかだね。鳥がたくさん来てる」

「そうだな。山に命が戻ってきた証だろう」

以前は呪われた山として、人は足を踏み入れず、鳥や動物さえも寄りつかなかった。ジウは存在を忘れられ、この山と共に消えていく運命だったのが、貴琉との出会いで復活した。

ジウが力を取り戻すと同時に、この山にも息吹が蘇ってきたのだ。

秋晴れの青々とした空の覗く明るい山道を登り、ジウの住処にやってきた。水が引いた沼地はすでに完全に姿を消し、今はポツポツと草木が生え、草原に変わりつつある。

沈んでいた祠を掘り出した貴琉は、元の祠があった場所に石を組み、その上に祠を設置した。麓にある神社に足を運び、御玉串を頂いてきて奉納もした。いずれ頑強な土台を造り、祠も修繕して、ジウのための新しい住処を作るつもりだ。

リュックを降ろしている貴琉に、ジウが「大きな荷物だな」と言った。

「今日も手製の弁当を作ってきてくれたのか?」

「うん。お握りと唐揚げ」

「唐揚げ！」

ジウの身体がピカン！　と光った。喜んでいるジウに笑いながら頷き、リュックの口を開く。

「あとね、今日はジウがとっても喜ぶものを運んできたよ」

ジウが「なんだろう」とワクワクした声を出し、貴琉と一緒にリュックの中を覗いてきた。貴琉にピッタリとくっつき、長い首を伸ばして中を覗き込む姿が、やっぱり猫っぽい。

リュックから取り出したのは、瓶子《へいし》と呼ばれる白瓶の瓶が二本と杯だった。

それらを並べ、それからもう一つ、用意してきたものをリュックから取り出す。

「……おお。『白麗』ではないか。わざわざ運んできてくれたのか、貴琉」

ジウが貴琉を見上げた。口元に生えている二本のひげが嬉しそうにヒヨヒヨとなびいている。

「一升瓶は流石に重くて。五合瓶になっちゃったけど」

「なに、十分だ。ああ、嬉しいな。早速頂こうか」

酒瓶の蓋を開け、瓶子に移そうとする貴琉に「わざわざ移さずともよい、ここに直接注げ」と、杯を指す。

酒好きの龍神様は、順序やしきたりにはまったく無頓着らしい。

仰せのままに白麗を杯に注いでやった。杯に顔を近づけたジウが、くん、と酒の香りを嗅ぎ、それから貴琉を見上げた。

「どうしたの？　ジウ」

「せっかくの酒を楽しむのだ。それならばやはり……」

ジウの身体が光を帯び始める。包み込んでいる光が徐々に膨らみ、細長い形が変化していった。

「あ……」

固唾を呑んで見守っている貴琉の前に、人型のジウが現れた。

「この姿のほうが都合がよいからな」

白い肌に桜色の唇。面長の輪郭に切れ長の目。なびく銀髪を腰まで伸ばした美しい男が、貴琉に向かって微笑んでいた。

「ジウ……！　人の姿がとれるようになったの？」

「ああ、言っただろう？　もう完全に元の姿を取り戻したと」

驚いている貴琉の前で、ジウは「では早速」と、杯を手に取った。嬉しそうに綻ばせた唇に白磁の杯が触れ、クピリ、と音を立ててジウが白麗を嚥下する。「美味い！」と叫び、満面の笑みを浮かべた。

久し振りに見るジウの姿はとても美しく、一瞬でも目を離すのが惜しいくらいで、美味しそうに日本酒を飲んでいる横顔を、貴琉はただ見つめていた。

龍の姿のジウも神々しくて、手乗りのジウは鞄に付けて歩きたいくらいに可愛いが、やはりこの姿を見ると、ああ、ジウが本当に戻ってきてくれたと、それが実感でき、胸の中に熱いものが込み上げてくる。

「貴琉も飲め」

ジウに杯を渡され、貴琉も日本酒を飲んだ。スッキリとした冷たい液体が口を潤し、喉を通っていく。

「美味しい」

「ああ、美味いだろう。ちょうどいい塩梅に冷えている」

白麗を味わっている貴琉の顔を嬉しそうに眺め、ジウが「花冷えだな」と言った。

十日夜の月の下で、二人で白麗を飲んだ夜のことを思い出した。月にグラスを透かし、ジウはいい夜だと貴琉に笑顔を向けていた。

「ジウ、側に行ってもいい?」

「ああいいよ。おいで、貴琉」

あのときはジウが貴琉の側に来てくれた。今日は貴琉のほうからジウに寄り添う。

貴琉から杯を受け取ったジウが、それを口に運ぶ。コクリと動くジウの白い喉元を眺めていると、視線に気付いたジウがこちらを向き、笑顔をくれた。

「ジウ……」

「なんだ?」

「ジウとキスしたい」

貴琉のおねだりに、ジウは爽やかに笑い「いいぞ」と言った。切れ長の瞳が近づいてくる。唇が軽く重なり、ちゅ、という僅かな音がした。

すぐに離れてしまった唇を追い、貴琉が目を開けると、ジウは「好きな人にするもの」と言って、微笑んだ。

腕を引き、「もう一度」とまたねだる。ジウが微笑み、応えてくれた。

「……ん」

冷たくて柔らかい。微かに酒の味がするジウの唇を受け取り、舌先でほんの少し撫でる。ジウの目尻に皺ができ、お返しのように貴琉の唇も舐めてきた。お互いに笑い合い、見つめ合ったまま、キスを繰り返す。

ジウの手が貴琉の髪を包んできた。長い指で貴琉の髪を梳《す》き、前髪にある白い部分を撫でてくる。

この白い髪は、ジウが残したもの。貴琉の記憶を消しながら、それでも忘れないでほしいという、願いの証だ。

「お弁当、……食べましょうか」

「そうだな。食べよう」

リュックからお握りと唐揚げの入った容器を取り出し、どうぞ、と差し出す。

「美味しそうだ」

「気に入るといいんだけど」

「貴琉の作った弁当だ。気に入らないはずがない」

そう言って、早速手に取った唐揚げを口に運び、「美味い！」と叫ぶ。

「考えてみたら、日本酒のアテとしてはちょっと合わなかったかも」

「何を言う。これ以上に合うものなどない。素晴らしい組み合わせだ」

相変わらず貴琉のすることをべた褒めしながら、言葉のとおり、美味しそうに手作りの弁当を頬張った。

秋の空は高く、吹く風が気持ちいい。弁当のおこぼれを狙ってか、すぐ側まで鳥がやってきて、ピチュピチュと耳に心地好い鳴き声を聞かせてくれる。

「来週は何を作ってこようか。リクエストある？」

「何がいいだろう。貴琉の作ってくれるものならなんでも美味い」

手作りの弁当を広げ、次の待ち合わせの相談をしている風景は、ピクニックにやってきた普通の恋人同士のようだ。

「冬休みになったら、その間じゅうこっちにいようと思ってるんだ」

「そうか。それは楽しみだ。毎日貴琉に会えるのだな」

「うん。僕も楽しみ。だけど、この辺は宿泊施設もないし、どうしようかなって思ってて」

唐揚げとお握りを瞬く間に平らげたジウが、「どうしようかとは？」と、貴琉の顔を見る。頬にご飯粒が付いていていた。

「近くには泊まるところがないんだよ。だから、電車で少し行ったところに宿をとるしかないかなって。ちょっと距離があるんだけど、それでも僕の家から通うよりは全然近いから」

ほっぺに付いたご飯粒を取ってやりながら貴琉が言うと、ジウが不思議そうな顔をして、「そのようなことをせずとも、私の住まいに来ればいい」と言った。

「ジウの家？」

意味が分からず今度は貴琉が首を傾げると、ジウはにっこりと笑い「そうだ」と頷いた。

「そうはいっても……」

ジウの住まいといえば、あの祠のことだろうが、そこに泊まるのは無理な話だ。ジウは変幻自在に姿も大きさも変えられ、なんなら消えることもできるのだろうが、普通の人間の貴琉にそんな芸当はできない。

「無理だよ」

「なに、無理なことはない」

ジウはそう言って、おもむろに貴琉の手を取った。

「では、私の住まいへ案内しよう」

立ち上がったジウが貴琉の手を引き、祠に向かって歩き出した。

どうするんだろうとジウについていき、祠の前まで来ると、突然グラリと地面が揺れた。

「うわ……っ」

驚いてたたらを踏み、顔を上げたら目の前の景色が変わっていた。

「ここが私の住まいだ」

山にいたはずが、何故か貴琉の家の庭に立っている。

「え？　僕の家？」

「いいや、似ているが、ここは私の住まいだ。貴琉の家がたいそう居心地が好かったのでな、あれを真似てみたのだ」

シラカシと金木犀の木が植わっているところも、縁側も、何もかも貴琉の家と一緒だ。一つ違うのは、金木犀には花が咲いていて、甘い香りが漂っていることだ。

「前は何もない空間だったのだが、ちと殺風景でな、模様替えをしてみた。ここにおれば、貴琉と共にいるような気分になれる」

目の前の光景を茫然と眺めている貴琉の顔を覗き、ジウが「よい住まいだろう？」と、笑顔で言った。

「……ジウって」

「なんだ？」

祠が沈み、自分の消滅の時期を悟り、最後に貴琉に会いたいと、貴琉のもとへ飛んできた。力を失っていく中、それでも貴琉の願いを叶えようと、ギリギリまで側にいてくれた。

重荷にならないようにと、貴琉の記憶を消し、一人で消えていこうとした。

そして今は、貴琉との思い出の家を自分の祠の中に再現し、貴琉の訪れを心待ちにする日々を送っている。

「なんだか、ジウって……凄く僕のことが好きなんだなって」

美しい姿を持つ龍神は、ただ一人の人間のために行動し、大切に思ってくれている。

「何を言う。当たり前だ」

繋いでいた手を胸に引き寄せられた。

「約束しただろう？　おまえは私の大切な伴侶だと」

長く白い指を貴琉の小指に絡ませて、ゆっくりと振りながら、「指切りげんまん」と言って、ジウが花のように笑った。


貴琉の家を再現した祠の中のジウの住まいは、家の中もまったく同じ作りをしていた。台所にダイニングテーブル、家具まで全部揃い、自分の家に帰ったのかと錯覚するほどそっくりだった。

貴琉の部屋に入り、机を触ってみる。

「僕の部屋より綺麗に整頓されてる。僕はこの辺、教科書とかノートとかでグジャグジャだから。庭の金木犀も花が咲いていたし」

そっくり同じな部屋で、ちょっと違っているところを見つけては楽しんでいる貴琉の背中を、ジウがふわりと抱いてきた。

「私の住まいに貴琉がいる。……夢のようだ」

大きな身体を折り、貴琉の首筋に顔を埋め、溜息のような声を出す。

「このような時が訪れようとは思わなんだ」

甘い声は嬉しそうで、それなのに今にも泣きそうに湿っていた。

胸に回されたジウの腕に自分の手を重ね、ギュッと握る。

「ジウ……、大好き」

貴琉の告白に、顔を埋めたままのジウが「私もだ。とても大切な私の伴侶」と言ってくれた。

ジウの腕の中で身体を反転させる。目の前にいる綺麗な顔を見つめ、貴琉は自分から唇を近づけていった。

「……ん」

首を抱き、背伸びをして引き寄せる。指先に貴琉のあげたミサンガが触れた。

唇を重ねながら、僅かに開いている唇のあわいにそっと舌を差し入れ、チロチロと動かした。

さっきと同じようにジウが笑い、貴琉を真似て舌を蠢《うごめ》かせてくる。

ジウの舌に触れ、軽く食《は》んだ。貴琉の新しい行為にジウは目を見開き、大人しく貴琉に舌を甘嚙みされている。

ジウの唇は柔らかく、舌も甘い味がする。とても気持ちがよくて、だけど新しい飢餓が湧いてくる。啄《ついば》むキスだけじゃ足りない。もっと深く受け入れ、奪い、ジウを感じたい。

「ジウ……」

首を傾け、ジウの唇に横から合わさった。いつものようにジウの体温が貴琉によって温まってくるのを感じながら、唇を吸い、舐め、舌を絡めてみせた。

たどたどしい貴琉の舌遣いに、ジウはじっとしたまま貴琉を見つめている。無垢な神様になんていやらしいことをしているのだろうと恥ずかしくなるが、ジウが欲しいという飢餓感のほうが強いのだ。

首に回した腕に力を込めて引き寄せると、ジウも抱き締めてきた。背中が反り、身体が浮き上がる。目の前にある顔を見つめると、ジウは眉を寄せ、苦しそうな表情をしていた。

「あ……、ごめんなさい、ジウ」

何も知らないジウに酷いことをしてしまったのかと、貴琉は慌てて離れようとしたが、背中を抱いているジウの力が強まって、逃げられない。

「貴琉、……ああ、貴琉、貴琉……」

貴琉の名前を呼びながら、ジウが唇を重ねてきた。後頭部を包まれ、上向かされると、横から重なってきて、強く吸われる。

「ぁ、……ん、ふ、ぅ……ふ」

口の中を激しく掻き回され、鼻から抜けるような声が出た。貴琉のしたことを真似て、ジウも貴琉の舌を食み、絡め、吸ってくる。ジウの口づけは情熱的で、つたない貴琉よりも、ずっと上手に貴琉を蕩かす。

「あ……ぁ、ん、んん、ぅ……ん、ジウ、待って、待っ……ぅ、んん」

長い時間口を塞がれ、苦しくなって顔を逸らすと、追い掛けてきたジウに、頬を噛まれた。耳、頤《おとがい》、顎の先と、ところかまわず甘噛みしてくる。

「ジウ……、ぁ……っ、痛……」

ギュッ、と首筋を強く吸われ、首を竦めて回避しようとするが、それよりも先にジウが噛んでくる。かふかふと歯を立て、再び吸われた。

「……貴琉、私はどうかしてしまったようだ。とても……苦しい」

喘ぐような声を出し、ジウが苦痛を訴える。

「どうしたらよいのだろう。私は貴琉のことが好きで仕方がないのに、貴琉が嫌だと言うことはするまいと決めているのに」

……おまえを壊してしまいそうだと、ジウが半泣きのような顔をして、貴琉を見つめた。

「禍々しいものが奥底から込み上げて、……こんなことは初めてだ。貴琉……」

身の内に生じた激情に、ジウはどうしたらいいのか分からないらしい。

「ジウ」

「私は祟《たた》り神になってしまったのだろうか。おお……恐ろしいことだ」

「違うよ。ジウ、あのね」

「私はこの世に蘇ってはいけなかったのかもしれぬ。あの雨の日に、祠と共に埋まるべきだったのか」

「ジウ、聞いて」

オロオロしながら貴琉の話を聞かないジウの頬を両手で挟み、こっちに向かせた。

「ジウ、……僕を壊したい？」

頬を挟まれたジウの顔が、クシャリと歪む。

「そうではない。おまえを壊すなど、そんなこと……」

「どんなふうに？」

「……よう分からん。貴琉を壊したくなどないのだ。だが……よう加減ができぬ」

眉根を寄せた表情は相変わらず苦しそうで、そんな顔をしたまま助けを求めるようにジウが貴琉を見つめる。

「痛かったか……？」

強く噛まれた首筋に、ジウが指を添える。「赤くなっている。すまなんだ」と、そっとその部分を撫でながら、ジウが謝った。

ジウの指が這った場所がチリチリと痛み、だけどその痛さが嬉しい。

貴琉のぎこちない誘いに、ジウは官能を煽られたのだ。貴琉が望めばいつでも快く返してくれたジウが、自分から貴琉を望んでくれたことが嬉しかった。

「ジウ、キスして」

もう一度首を抱き、キスをねだると、ジウが情けなく眉を下げ、躊躇するような素振りを見せる。貴琉を壊してしまうかもしれないと恐怖しているのが伝わってきて、それが嬉しく、ジウにならば壊されてもかまわないと思った。

「ジウ、キスが欲しい」

貴琉の声に、ジウが屈んできて、チュ、と軽く触れてきた。

「もっと。さっきみたいなのがいい」

腕で引き寄せ、自分からも迎えにいきながら、もっと深く奪ってほしいとお願いする。顔を倒し、初めから大きく開けた貴琉の唇に、ジウが被さってくる。

「ふ……、ぅ」

舌を差し入れると、迎え入れたジウもそっと舌で撫でてくる。自分からも絡め、強く吸う。ジウの口から溜息が漏れ、お返しするように吸ってくれた。

「ジウ、……もっと……ぁ、ふ」

貴琉の声を聞き、ジウの舌先が大胆に蠢き始める。貴琉を味わっているジウが見たくて、閉じていた目を薄く開けると、ジウは相変わらず眉根を寄せ、だけど蕩けるような顔をしていた。

舌を絡め合い、強く吸い合う。合間に漏れ聞こえる息が甘い。

濃厚なキスに頭の芯が溶けたようになり、膝に力が入らなくなった。ズリズリと落ちていく貴琉の身体を支え、ジウが側にあるベッドに座らせてくれた。

「貴琉……」

甘い声で貴琉の名を呼び、指が顎に触れた。上向かされた唇にジウのそれが再び重なってくる。

白く長い指が喉元を擽り、首筋を撫でてきた。ジウの指は何処かへ行きたがっていて、だけどどうすればいいのかが分からないみたいに、おずおずと同じ場所で蠢いている。

貴琉も腕を伸ばし、ジウの頬を触った。それから綺麗な銀髪を手に取り、そこに口づけてみせた。

「ジウ、何処に触ってもいいよ。噛んでもいい。ジウが好きなようにして。僕はそうされたい」

「貴琉。……いいのか？」

貴琉の要望にジウが瞳を揺らし、真意を確かめるように覗いてきた。

「僕は壊されたりしない。壊れないよ。だって嬉しいから」

「貴琉……」

ジウが覆い被さってきて、ベッドに押し倒された。キスをしながら、ジウの手が貴琉の身体の上を撫でていく。重なっている身体は人間よりは軽かった。ジウの重みを確かめたくて、背中に手を回し、強い力で抱き締める。

「貴琉、貴琉……」

唇から首筋へとキスを降らせ、また唇へ戻ってくる。シャツをたくし上げられ、ジウの掌が肌の上を這ってきた。

「ぁ、……ん、ん、ぅ……」

胸の突起を捉えられ、指先で擽られた。声を上げる貴琉を見つめ、ますます熱心に粒を転がし始める。

「んんん、……ふ、ぁ」

「貴琉……、心地好いのか？」

「ん、ん……ぅん、んん……あ」

いつかお風呂場で悪戯をされたときとは違い、ジウは貴琉の声に煽られ、貴琉の官能を引き出そうと、指を蠢かせている。

舌を食まれ、頬にキスをされた。おでこ、耳、首筋と、舌が這っていく。時々我慢できずにカプリと噛まれる。だけどジウはちゃんと力を加減してくれ、噛んだあとにペロペロと舐めてくるから、擽ったくて笑いが漏れた。

首筋にあった唇が降りてきて、今度は指の代わりに貴琉の胸の粒にキスをしていた。

「ぅ……っ、あ、あ……れ？」

違和感に気づき、視線を落とすと、ジウの白い背中が見えた。

「あ、洋服が……」

ジウの着物も、自分の服もいつの間にか消えていて、二人は裸で絡み合っていた。

「いつの間に……っ、ぁ、ん」

驚いている貴琉の上で、ジウがキュ、と乳首を噛んできたので、身体が跳ねる。今度は両手で貴琉の肌を撫で回し、「邪魔だったのでな」と、ジウがにっこりと笑った。

「ああ、好い触り心地だ。滑らかで温かい。……美しいな」

さらさらと肌の上で掌を滑らせながら、ジウが貴琉を褒めてくれた。胸から脇、お腹へと移っていった掌が、やがて下腹部へと下りていく。

「っ、そこは駄目」

ジウの愛撫《あいぶ》でトロトロになっている下半身を触られるのは流石に恥ずかしく、貴琉は身体を捻って隠そうとした。

「駄目か……？」

笑顔だったジウの眉が途端に下がり、身体を横にした貴琉の腰の辺りを名残惜しそうに撫でてくる。

「貴琉の身体のすべてを可愛がりたい。嫌だと言うのなら、諦めるが」

「うぅ……」

そんな恨めしそうな顔をされても困る。

「貴琉、おまえに触れたい。おまえが心地好いと、私も心地好いのだ」

貴琉……と、何度も甘い声でねだられて、とうとう陥落する。「少しだけなら」と承諾した途端に、ジウの手が伸びてきて、恥ずかしいことになっている中心を包まれた。

「あ、……あ」

手と唇の愛撫で半分育っていたそれは、握られただけでみるみる形を成していく。

「胸の粒と一緒だな。健気に育っていく。……とても可愛らしい」

指先で先端をクリクリと撫でられ、プクリと蜜が浮く。

「ゃ……ん、ジウ、……ぁ、あ」

初めて人の手で触られた心地好さに腰が跳ね、勝手に揺らめいてしまう。貴琉の腰の揺れに合わせ、ジウがユルユルと包んだままの掌を上下させ、ますます蜜が溢れ出る。

「濡れている」

「もう、やだ、……ジウ」

「嫌なのか。貴琉、痛かったか……？」

スイと手が離れ、心配そうな顔をされた。

「んぅ、違う……」

恥ずかしくて嫌なのに、手が離れてしまうと名残惜しいと思ってしまうのだから業が深い。そして貴琉のことを何よりも大切に思うジウは、貴琉が嫌だということは決してしない。……たとえそれが口だけの拒絶であっても。

「嫌で涙を流しているのか？　おまえのここは」

「そうじゃなくて。これは……き、気持ちよくて、こうなってる」

小さな声で説明すると、ジウが「そうなのか」と、途端に笑顔になった。

「ぅ、……そう。あの、ジウは自分でそこ、触ったことがない？」

「ないな」

「そう、なんだ」

「私のこの身体は人間を模して作ったものだから。心地好くて涙を流すとは知らなんだ」

人の姿を真似、時々は下界に降りて人々の生活を眺めていた神様は、人間の性生活までは覗き見することはなかったらしい。

貴琉に嫌と言われたジウは、律儀に言いつけを守り、今は貴琉のお腹の辺りを撫でている。

「ジウ……」

「なんだ？」

「あの、ね。……本当は、……ぃゃ、……じゃない」

貴琉の声を聞こうと、顔を覗いてきたジウに、ごくごく小さな声で訴えた。

「恥ずかしくて、そう言ってるけど、本当は……もっと触ってほしい」

羞恥を押して、貴琉は自分の願望を正直に告げた。無垢なジウには、はぐらかしたり、上辺を装ったりしても通じない。

「貴琉、触ってもよいのか……？　嫌ではないか？」

「うん。嫌じゃない。嬉しい」

首に回した腕で引き寄せ、もう一度キスをねだった。貴琉の返事に安心し、ジウが望んだとおりにキスをくれる。

「いっぱい触って。キスもいっぱいして。全部欲しい。ジウの丸ごと全部、僕にちょうだい」

大きく口を開け、迎え入れる。ジウの舌にはもう冷たさはなく、貴琉よりも熱いと感じた。ジウが貴琉の舌を啜り、いやらしく絡めてくるのに貴琉も応える。

「あ、あ……ん、ぅふ、ん、ぁん、あ……」

声も殺さず、素直に快感に浸り、気持ちがいいことをジウに伝えた。そんな貴琉を眺め、ジウが目を細める。

ジウの手が貴琉の下腹部に下りていく。今度は素直に身体を開き、受け入れた。

「ああ……貴琉、……貴琉」

貴琉の劣情は、さっきよりも濡れていた。それを柔らかく包み込みながら、ジウが甘い声を上げる。

「貴琉、たくさん濡れている」

「うん、……ん、は、ぁ……あ」

グジュグジュと音を立ててジウの手が上下され、押し寄せてくる快感に、貴琉の身体も自然に揺れた。

「あ、あ……、っ、ジウ、……ジウ……ぅ、は、ぁ……ん」

高い声を上げ、手の動きに合わせ腰が揺らめく。快感に従順な貴琉を眺め、ジウが顔を綻ばせる。

「ああ、貴琉。なんて素晴らしいのだ」

「ジウ、……あ、あ、ジウ、ぅ」

「おまえが嬉しいと、私もこの上なく嬉しい。どうすればいい？　どうすればおまえはもっと喜ぶのだ……？」

貴琉の顔を覗くジウの目は潤んでいて、囁く声は興奮していた。貴琉を快感に導きながら、ジウ自身も気持ちがよさそうに甘い溜息を吐いている。

貴琉……と、名前を呼ばれるたびに、貴琉は嬌声《きょうせい》で応え、ジウも声を上げていた。

ジウの大きな身体が沈んでいく。胸先にキスをされた。

「あ、……ぁ」

チュクチュクと吸われ、舌先で粒を転がされる。貴琉が声を上げると、そこを繰り返し舐め、貴琉が喜ぶ場所を探し当てていく。

貴琉の望みを聞き、ジウが貴琉の身体の全部を可愛がろうとしている。

胸、脇腹と唇を滑らせ、次にはシーツを蹴るように動かしている貴琉の左足に手を添えた。

ふくらはぎにキスをし、傷痕に沿って唇を滑らせている。

太腿を食み、強く吸われた。貴琉が反応して高い声を発すると、次には濡れそぼった屹立《きつりつ》に舌を這わせ、包み込んできた。

「っ、ああ……っ」

思わず叫び声が出て、身体が跳ねる。ジウは貴琉の腰をしっかりと捉まえて、逃げるのを阻止しながら深く呑み込んできた。

「んんん……、ぁう、あ、ああ、あ、ぅう、ん、ぁ」

グジュグジュと音を立てて、貴琉の劣情を貪っている。腰を摑んでいた手が両足に滑り、大きく広げられたまま、ジウが貴琉のペニスを可愛がる。

やわやわと唇で締め付けられ、下半身の疼《うず》きが大きくなる。今にも絶頂を迎えそうだ。

「ゃ……、ぁあ、駄目……」

拒絶の声を発した途端唇が離れ、急に遠ざかってしまった快感に、貴琉は思わず「やだ」と、不満の声を上げてしまった。

「貴琉、嫌だったか……?」

「嫌だ……」

「そうか、すまなんだ、つい……」

「止めちゃ、嫌だ」

ジウが目を見開き、貴琉の顔をじっと見つめる。羞恥や戸惑いを少しでも見せると、優しいジウは行為を止めてしまうのだ。

「ジウ、……ジウ、……止め……ないで。……もっと」

涙目で懇願する貴琉に、ジウが頷き、もう一度身体を沈めてきた。

「……ぁ」

再び貴琉の中心を呑み込み、ねっとりと舌を絡ませながら吸い付き、上下させてきた。

待ち望んだ快感を与えられ、貴琉は腰を震わせながら嬌声を放つ。

ジウの舌は濡れていなくて、サラサラしていた。肌を滑る掌も乾いている。それはたぶん、貴琉が汗をかいているからなのだろう。不思議な感触。だけど凄く気持ちがいい。

神様に愛撫をされている。

そう思うと、とんでもなく大それたことをしているような、神様に悪いことを教えてしまい、申し訳ないような、それでも貴琉を選んでくれたことが晴れがましいような、いろいろな感情が同時に襲ってくる。

「あっ、……ああっ、ジウ、ああ、ああ」

下半身の疼きが大きくなり、壮絶な快感に目の前が白くなっていく。絶頂の兆しに慌ててジウの髪を掴むが、ジウが離れない。

「ああ、ジウ、……ジウ、もう、……も、ぅ……」

駄目という言葉を使えばジウはすぐさま止めてくれるだろう。そうしなきゃいけないのに、そ

れが言えず、摑んだジウの頭を押しつけ腰を揺らしている。

「あああ、っ、っ、……んんぁ、あん、……っ、あ——っ」

最後には身体を大きく仰け反らせ、貴琉はジウの口内に精を放っていた。目の前が真っ白になり、ガクガクと腰を揺らしながら陶然となる。

貴琉の腰にしがみついたジウは、コクコクと喉を鳴らし、貴琉の放った精液を飲んでいる。

「……ぃやぁだぁ」

これぱかりは恥ずかしすぎて、「飲まないで」と訴えた。それなのにジウは貴琉のそこから口を離さず、全部搾り取ろうとするように、舌を蠢かし、喉を鳴らしている。

「ジウ……、ジウ、お願い。離して」

貴琉の願いならなんでも聞いてくれるジウが、どうしてか今だけは聞いてくれない。腰が蕩けそうだ。身体を震わせて哀願を繰り返す貴琉の上で、ジウが大きな溜息を吐いた。

貴琉を包み込んでいるジウの舌が濡れているのを感じる。

「……え？　ジウ……？」

キスをしていても、身体に舌を這わせても、ずっとサラリと乾いていた感触が違っている。今貴琉の下半身を食んでいるジウの口内は、しっとりと濡れているのだ。

ようやくジウが貴琉から離れ、ゆっくりと身体を起こした。

「貴琉……」

戸惑うような声を上げ、ジウが貴琉を見下ろしている。自分を見つめる顔はずっと変わらず美しいままだが、なんとなく何処か違っているようにも思える。

「どうしたのだろう、……私は。身体の奥が熱いのだ」

「ジウ、大丈夫？」

茫然と自分の手を見つめ、首を傾げているジウの頬を触ると、ほんのりと温かかった。いつもは貴琉の体温に温められ、熱を持っていく身体が変化している。腕を取り、掌を触ってみると、そこもしっとりと濡れていた。さっきまでサラサラと乾いていたのに、貴琉と同じように汗をかいているのだ。

貴琉は身体を起こし、ジウをじっと見つめた。髪に触れると、そこもしっとりとしている。

「なんだか人間みたい。ジウ」

肌の色は依然青白いが、それでも前よりはうっすらと色づいている。

「うむ。人になってはいないが、何やら変化が起きたらしい。身体の中が、今までないもので満たされている」

ジウも自分の身に何が起こったのか分からず、掌で身体を触り、確かめている。

「僕の……アレ、を飲んだから……？」

「そうかもしれぬな。ここから溢れ出たものは、酒よりも甘露《かんろ》だった」

夢中で飲み干しているうちにこうなっていたと、ジウがにっこりと笑った。

「おまえの精が私の身体に行き渡り、変化をもたらしたのかもしれぬ」

そう言って再び貴琉のそれに手を伸ばしてくる。

「また出してくれ。もっと飲みたい」

「ちょ……っ、飲み物じゃないから。そんな無尽蔵《むじんぞう》に出るもんじゃないし」

ピッタリと足を閉じて阻止する貴琉に、ジウが不満そうに唇を尖らせた。

「なんだ。惜しいな。たいそう美味だったのに。それに、……とても心地好かった」

精液を飲むのを諦めたジウの顔が近づいてくる。重なってきた唇は、やはりさっきと違っていて、貴琉と同じように濡れていた。

「ぁ……ふ」

今まで交わしていた口づけとはまた違う感触に驚きながら、すぐにも溺れていく。さっきまで啄むようなキスしか知らなかったジウなのに、蠢く舌遣いが艶めかしい。

「貴琉……、ああ、貴琉……」

貴琉にキスを施しながら、ジウの表情も蕩けるように柔らかい。口を開けさせられ、舌を持って行かれ、外で絡め合う。

「ん……ん、ぅ、ふ……」

「貴琉……、貴琉」

貴琉を抱き締めるジウの腕の力が強まってくる。貴琉も腕を回し、ジウの新しい肌の感触を楽しんだ。

ベッドに二人で座ったままキスを交わし合い、お互いの身体を撫で合う。ジウの下半身に触れると、そこも形を変化させていた。

貴琉を喜ばせながらも、自身は静かだったそれが興奮していた。人の形を真似ただけだったジウの身体が、貴琉と同じように快感に震え、蜜を溢れさせている。

「ジウ……」

ジウが貴琉にしてくれたように、そこを柔らかく包み、上下させた。ジウの眉が寄り、「う……」と、呻くような声を上げる。手の中のそれがみるみる膨張し、貴琉の指をしとどに濡らしていく。

「ああ……、貴琉」

ジウが貴琉を見つめる。僅かに開いた口から息が漏れ、それを呑み込むように唇を噛んだ。

「ああ、このような……」

貴琉に一方的に愛撫を施していたとき、ジウは貴琉の快感に感応し、心地好さを覚えていた。それが今、たぶん初めて直截《ちよくさい》な官能を身体で受け取り、感じているのだ。

「ジウ、気持ちいい……?」

今まで味わったことのない快感に、ジウが戸惑っているのが、凄く……可愛らしい。

苦しそうに眉を寄せながらも、蕩けた表情を作るジウにキスをした。無意識のように口を開け、ジウが貴琉の舌を啜る。

耳を食み、首筋を舐め、軽く吸ってくる。お互いに愛撫を施しながら戯れているうちに、興奮が高まってきたのか、再び貴琉をベッドに押し倒してきた。

のしかかるジウの身体が、さっきよりも重く感じた。神様のジウが貴琉に近づいている。

胸の粒を唇に挟み、舌先で転がす。

「ん……、んぅ、……ぁ」

貴琉がここを弄られるのを好きなことをジウはもう知っていて、執拗にそこを可愛がる。貴琉の細い身体にしがみつき、強い力で吸い立ててくるのが、乳を欲しがる赤ん坊みたいで、貴琉は少し笑ってしまった。

ふふ……と、声を漏らす貴琉の顔を覗き、ジウも顔を綻ばせ「どうした？」と聞いてきた。

「楽しいことを考えているのか？」

「うん。ジウ、赤ちゃんみたいだなって」

「赤子か。そうだな。同じようなものだ。おまえにいろいろと教えられるばかりだからな。私は何も知らない」

でも覚えれば瞬く間に上達し、貴琉を翻弄するのだから、やっぱり神様なんだなと思う。

「夫婦は営みを経て、赤ん坊を授かるのだろう？　貴琉、私もおまえとの赤ん坊が欲しい」

自分の子を産んでくれと唐突に言われ、貴琉は苦笑と共に「無理だよ」と答えた。

「だって僕、男だもの」

「なに、無理なことはない。できるぞ」

力強く言われ、ああそうだった。この人は神様だったと思い出した。望めば貴琉に子を産ませることぐらいできるかもしれない。……ちょっと怖い。

「ジウ、子どもの作り方を知ってる？」

貴琉の問いに、ジウは黒い瞳をクルクルと動かし、「ようは……分からん」と言った。

「やっぱり」

「山の鳥たちは卵を産むぞ？」

「僕に卵を産めと？」

「産めないか？」

「……産めないんじゃないかな」

「そうか……」

落胆するのが可笑しくて、貴琉は笑った。

「さっき、ジウが飲んでくれた、僕の……アレ、あれが赤ちゃんの卵というか、……素？　みたいなもので」

「ああ、あの甘露な飲み物か」

「それをお母さんになる人のお腹に入れて、育てて産むの」

「そうか。それなら知っている。交尾だな。山で動物たちの営みを見たことがあるのでな」

「人も同じだよ」

「そうか。では貴琉、私と交尾をしよう」

無邪気な顔で、またえげつないことを言う。

「交尾。……でも、僕は男だから」

「無理か?」

「無理、じゃないかもしれないけど」

ジウは龍神だけれど、人の形を取っているときは貴琉と同じ、男性の姿だ。男同士でする営みのことは貴琉も知っている。

「赤ん坊は授からなくとも、貴琉と交尾がしたい」

甘い顔をして、ジウが貴琉を誘ってくる。

「貴琉、交尾しような……?」

「……別の言い方をしてほしいんだけど」

「なんと言えばいいのだ?」

「セ……、愛し合う、とか……?」

頭の中をグルグルさせながら言葉を選んでいると、ジウが「よい言葉だ」と笑った。

「ならば貴琉、私と愛し合おう。……私はおまえと愛し合いたい」

綺麗な顔が近づいてきて、耳元で囁かれる。

「もう……」

「駄目か？」

甘い声で、そんな言葉を言われたら、断る理由なんか何もなくなってしまう。貴琉の目を覗いているジウの首に抱きつき、「僕もしたい」と囁いた。

貴琉を首にぶら下げたまま、大きな身体が下りてくる。柔らかいキスを落とし、貴琉の左足を持ち上げてきた。

「……ここを、使うのだな……？」

指先を滑らせ、後ろの蕾に当たる。

「ぅ、ん。そう……っあ」

ツプ、とほんの指先をそこに入れられて、思わず叫び、身体が跳ねた。

「貴琉、このままでは入らぬのだが……」

どうすればいい？　とジウの瞳が尋ねてくる。貴琉だって男の人はおろか、女性とのセックスの経験もないので、よく分からない。

「少し、ほ、……解したら、いいんじゃないかな」

「そうか。柔らかくするのだな」

「うん……」

にっこりと笑ったジウの身体がスルスルと下りていき、貴琉の両膝を持ち、大きく押し広げた。

「何……？　っ、あっ、あっ」

柔らかいものが押しあてられ、ぬくぬくと狭い蕾の中に入ってくる。

「ジウ……っ、それ、……、え、えっ、あぁ」

後孔に入り込んでいるのはジウの舌先だった。まさかそんな方法を使われるとは思っておらず、驚いて逃げようとするのだが、両膝をがっちりと固められて、身動きが取れない。

「ジウ、そんなこと、しないで……ぇ」

「何故だ？　おまえを心地好くさせたいのだ。貴琉、酷いことはせぬから、安心していろ」

「でも……、あ、ぁあぁ……」

「痛くないぞ……？　ほら、ん……」

くぷぷぷ、と柔らかいものが奥まで入ってくる。ジウの舌は湿っていて、なんだろう、なんだか感触が変だ。

「あ、あっ、……ぅ、ぁあ、ん、ん、ん――」

細くチョロチョロとしたものが中に入り込み、それが膨らんだり萎んだりしながら行き来している。姿を変幻自在に操れる神様のジウは、人間の舌ではない形になり、貴琉の蕾に入り込んでいるのだ。

ジウが言ったとおり、痛みはなく、違和感と共に、得体の知れない感覚がせり上がってくる。

人間では届かない奥の方まで、ジウの舌が入り込み、内壁を掻き回す。

「ああ、あああぁぁぁあ……」

身体がビクビクと跳ね、萎えていた中心が力を持つ。愛液が零れ出て、貴琉の腹を濡らしていた。

「また濡れてきたな。……ああ、零れる。勿体ない」

嬉しそうな声がして、濡れた先端を舐め取られた。それからまた後ろに舌を差し入れてくる。ジウの舌は丁寧に貴琉の隘路を押し広げ、中を柔らかく解していく。

「は、は……っ、はぁ……ん、ジウ……っ、あっ、あっ」

ジウに触られている中が熱い。お腹の下のほうから熱い塊のようなものが込み上げてきた。爪先が丸まり、腰が浮く。刺激を受けていないのに、また達しそうだ。

ジウにされるまま、ガクガクと身体を痙攣《けいれん》させていると、後蕾を占領していたジウの舌が、す、と抜けた。

「あ……ん」

急になくなった刺激に茫然としていると、上から白い顔が覗いてきた。

「貴琉……」

ジウが微笑み、髪を撫でてくれた。優しく潤んだ瞳が、すぐに新しい快楽を与えてやると教えてくれる。

両足を大きく広げられ、ジウの身体がその間に陣取る。

柔らかく解された窄《すぼ》まりに、ジウの切っ先が当たった。

「……貴琉、貴琉、……貴琉、貴琉……」

ジウが中へと入ってくる。硬く、温かいものが貴琉の身体を占領する。

「ああ……」

天を仰ぎ、ジウが声を放った。

「貴琉……、ああ、貴琉」

大きな身体が下りてきて、貴琉を抱き、静かに揺らめき始める。

「ジウ、……ぁ、ジウ……」

貴琉もジウを呼び、腕を伸ばしてキスをねだった。

キスをしながらお互いに身体を絡ませあった。目の前にある表情は、眉を寄せ、口を小さく開いたまま、甘く、艶めかしい声を上げている。

とても綺麗で色っぽい。

上で揺れているジウを見つめながら、貴琉も愉悦の波に流されていく。

「……ふ、ぁ……あん、は、ぁ、ぁあ」

貴琉の声に呼応するように、ジウの動きが激しくなっていく。普段の清楚な美しさとは違う、妖艶な瞳が貴琉を見下ろしていた。

見つめられるだけで快感が増し、肌が粟立つ。

「ジウ、……大好き、あ、ぁ」

ジウの眉が激しく寄り、「くっ」と喉を詰めた。

「ああ、貴琉……っ、ああ、ああっ」

悶絶するような声を上げ、ジウの腰が大きくグラインドし、次には細かい動きで腰を震わせる。

「ゃ……っ、ん、激し……、ぅ、あ、あ、あ」

ジウが動くたびに声が上がり、ぐちゃぐちゃに掻き回されてなんだか分からなくなってきた。

降ってくるジウの声は苦しそうで、だけど吐く息が甘く、時々天井を見上げ、吠えるような声を上げている。

貴琉の中にいるジウは大きくて硬くて、中をゴリゴリと擦ってくる。

「んんん……、ぅ――」

首を振って衝撃を逃そうとしていたら、突然ゴリッ、とある一部分を掠められ、目の前に閃光《せんこう》が走った。

「ひ、ぃ……ああっ、ああっ、んん、そこ……ん、あ、あ」

擦られるたびに目の前に火花が散る。激しく揺らされて跳ね回っていた貴琉の劣情からたらたらと愛液が零れ出る。

「貴琉……、好いのだな？」

貴琉の反応を見て取ったジウが、そこばかりを狙って動き始めた。

「やぁ、……」

「……嫌なのか？」

今度はすぐに止めようとせず、腰を揺らめかせながら問うてきた。

「嫌なら止める。……嫌だと言わないでくれ、貴琉」

「あ、あ……っ、あ」

「貴琉……」

「いや、じゃ、……ない。……ぃ、いい、ああ、ジウ、……ぃい」

哀願の声に絆され、素直な声を出す。

「ああ、貴琉」

貴琉の返事に安心したジウが、容赦なく突き上げ、揺らしてきた。

嵐に揉まれるように快感に攫われる。ジウの呻き声に交じり、自分の嬌声が遠くのほうから聞こえていた。

ジウが身体をぴったりとくっつけ、激しく打ち付ける。もみくちゃになりながら、やがて大きな波がやってきた。

「ああ、……ジウ、あ、もう……っ、ジウ、ジウ……」

ジウの動きが激しくなり、大波に浚われる。

「あ、あ、っ、あ――っ」

大きな声を放ち、貴琉は精を放った。膨張した熱が内側から噴き上げ、外へと向かう。自分の放った精で腹が濡れ、ジウはそれを自身に塗りつけるように身体を揺らし続ける。

「ああ、……貴琉、ああ、ああ、っ、は、はっ、……、ぅ、く、……ああっ」

ジウが呻き、一瞬身体が硬直した。トクトクと温かいものが注がれる感触に、貴琉も大きな溜息を吐く。

お腹の中が温かい。ジウに注がれたものが身体中に染み渡り、自分が別の何かに変わっていくような錯覚を覚えた。

いや、もしかしたら本当に変わってしまったのかもしれないと、自分の上で恍惚とした表情を浮かべているジウを見上げながら思った。

貴琉との情交でジウが変化したように、貴琉もジウによって作り替えられたのかもしれない。

「ジウ……」

それでも何も怖くない。貴琉を愛し、大切にしてくれる美しい龍神が、ずっと側にいてくれるのだから。

貴琉の上にいる身体がやがて弛緩を迎え、またユルユルと蠢き始める。さっきまでの切羽詰まった声とは別の、ゆったりとした溜息が降ってきた。

「貴琉……」

ジウが貴琉を見つめている。黒の瞳が嬉しそうに細められ、口元からは白い歯が零れ見えた。

「もう二人は離れられぬな……？」

契りを結んだと、二人はもう正真正銘の伴侶だと、ジウが誓いの確認をしている。

見下ろしているジウの長い髪を撫で、貴琉は「もちろん」と返事をした。

美しく、可愛らしく、優しい貴琉の龍神は、愛しい伴侶だ。

奇跡の夜の願いごと
CROSS NOVELS

「さて、貴琉《たける》を迎える準備ができた」

庭に立てた大きな樹を見上げ、ジウは満面の笑みを浮かべていた。

大ぶりの枝葉には、和紙で作った大小のぼんぼりが飾られている。月と星の輝きをほんの少し拝借して、ぽ、ぽ、ぽ、と可愛らしい光を放っている。

貴琉の話を参考に、くりすますつりぃというものを庭に作ってみた。

俗世ではこの時季、西洋の行事を取り入れ、家族や恋人同士で祝うのだそうだ。ジウと貴琉も恋人同士なので、もちろん二人でその日を祝う。なんと良き習慣なのだろうと、自作のつりぃを見上げてご満悦なジウだ。

「明日の朝一番の電車と言っていたか。ああ、待ち遠しい」

貴琉の大学も冬休みを迎え、明日にはここへやってくる。長い時間を二人きりで過ごす、初めての休暇だった。

庭から縁側に上がり、もう一度つりぃを確かめてから、ジウは部屋の中へと入っていった。台所へ行き、貴琉の部屋を確認し、風呂場を覗く。じっとしているのが苦痛なほど、明日が楽しみでたまらない。

「……待っていられない」

貴琉が学業やらアルバイトやらで忙しくしているのは承知だったから、ジウは今まで週に一度の逢瀬《おうせ》を楽しみに待っていた。貴琉の家を真似た空間は居心地が好く、ここにいればいつでも貴琉との思い出に浸れて満足だったが、いよいよ明日からずっと一緒にいられるのだと思うと、どうにも我慢ができなくなってきた。

貴琉と出会う前は、かなりの永い時間を一人きりで過ごし、寂しさなどは感じたことがなかったのに、明日までの数時間が待てないのはどういうわけか。

「迎えにいこうか……」

恋人に逢いたい思いが収まらない。くりすますとは奇跡の夜だと、貴琉も言っていた。それならば、奇跡が起きてもいいではないか。

「……よし、行こう。貴琉、待っていろ」

自問自答の末に結論を出し、ジウは龍神の姿に戻り、風呂場の水に飛び込んだ。


「うわあああああああ！」

湯船から勢いよく顔を出したら貴琉が悲鳴を上げた。

水を弾く健康的な肌に、零れそうな瞳、顔の皮がひっくり返りそうなほどに大きく開かれた口。どれをとっても可愛らしい。

「……ああ、吃驚した。ジウ、どうしたの？」

溜息と共に貴琉がジウを見つめた。黒の瞳は未だ大きく見開かれており、両手で胸を押さえている。

「どうしても明日まで待てなんだ。だから急いで迎えにきた。風呂に入っていたのだな。これぞぐっどたいみんぐ」

「グッドタイミングって……。心臓が止まるとこだった」

「くりすますは奇跡の夜だからと思うてな。私も奇跡を起こしてみたくなったのだよ」

「クリスマスは明後日だけど。ってか、ジウの存在自体が奇跡みたいなものでしょう? こんなにチョイチョイ奇跡を起こされても、心臓がもたないよ」

貴琉に睨まれ、ジウはシュンと項垂れる。逢いたい気持ちが強すぎて、貴琉の都合も考えずに勝手な行動を取ってしまった。

「ジウ、わざわざ迎えにきてくれたんだ?」

湯船に浸かったまま反省しているジウの髭を、貴琉が指で撫《な》でてきた。そっと顔を上げると、笑顔の貴琉と目が合った。上気した頬のまま、「僕も会いたかったから」と言ってくれる。

「空を飛ぶばかりじゃなくて、水の中も自由に行き来できるんだね」

「ああ。ここ最近ようやっと取り戻した力だ。水の湧くところなら、何処へでも移動できるぞ」

「へえ。便利だね。え、じゃあ、このままジウの山にも行けるってこと?」

「そうだ。だから迎えにきた。さあ、貴琉、私の家へ行こう」

「え? え? このまま? ちょ……っ、ジウ? 僕、裸……っ」

慌てた声を出している貴琉に、長い身体をくねらせて巻きつき、ガボン、と湯船の中へ潜り、一瞬あとに再び湯から顔を出した。

ぷは、と息を吐いた貴琉が「もう、いっつも急なんだから」と、恨み言を言いながら、両手で顔を拭っている。

「着いたぞ」

「え？　もう？　ここ、ジウの家？」

「貴琉に見せたいものがあるのだ。さあ」

人型になったジウは、風呂場をキョロキョロと見回している貴琉の手を取り、早く早くと急き立てる。

「ちょ、だから僕、裸なんだってば」

「ならば私も裸になればおあいこか？」

「そういうことじゃなくて。なんでも急すぎなんだもの……って、本当に裸になってるしっ」

ウダウダ言っている貴琉の手を引っ張り、自慢の庭に連れ出した。

「……わあ」

庭に植えたくりすますつりぃを貴琉に披露する。ぼんぼりに照らされた光のなる樹を見つめ、貴琉が一言声を発したまま、動かなくなった。

「どうだ？　貴琉」

「これ、ジウが作ったの？」

「そう。綺麗《きれい》か？」

「うん。とっても。……でも、樹は笹なんだね」

「もみの木はこの辺には生えておらなんだ。なのでこれにした。枝ぶりがよかったのでな。これに願い事を書いて吊すのだろう？」

「いや、えっと……、それは……たなば」

「さあ、願い事を書け。私は貴琉の神様なのでな、なんでも願いを叶えてやるぞ」

自作のつりぃを喜んでもらい、ホクホクしたまま貴琉に短冊を渡す。受け取った貴琉がジウを見上げ、その顔がジワジワと変化し、最後には噴き出した。

「どうした？　面白いことを思い出したのか？　私にも教えてくれ」

ヒーヒー言っている貴琉の顔を覗き込む。貴琉は涙を浮かべ、楽しそうに笑い転げていた。

「ジウがあんまり可愛いから」

そう言って、受け取った短冊を見つめ、また笑い出す。

「凄く素敵なクリスマスだ。ツリーも綺麗だし。ジウも迎えにきてくれたし」

「そうか。それはよかった。私も嬉しい」

「クリスマスは明後日だけどね。しかも二人とも裸だし」

「なに、些細なことだ」

二人でこうしてくりすますを祝えることが重要で、それこそが奇跡なのだ。

ジウの言葉に、貴琉は「そうだね」と頷き、再び笑顔になった。

「くりすますの夜には、サンタ殿という老人が橇《そり》に乗って贈り物を配って歩くのだろう？　貴琉は何が欲しい？」

「ジウがサンタさんになってくれるの？」

「ああ。この山にはトナカイがいないのでな、猪《いのしし》にでも頼んでみようかと思っている」

水中を移動するのであれば、海亀でもいい。貴琉を乗せて海中散歩をしたら、喜んでくれるだろうか。

正月には貴琉を連れて、御来光《ごらいこう》を眺めるのもいい。餅を焼いて、二人で白麗《はくれい》を飲み交わし、新年の挨拶をする。

これから始まる二人の冬休みのことを、あれこれ計画をしながら、つりぃに飾られた星の光のぼんぼりを、二人で長い間眺めていた。

聖なる夜、つりぃに掲げられた短冊には、二人とも同じ願いを書くことになる。

――ずっと、ずっと、二人一緒にいられますように。

あとがき

はじめまして、もしくはこんにちは、野原滋《のはらしげる》です。このたびは拙作「雨降りジウと恋の約束」をお手に取っていただき、ありがとうございます。クロスノベルス様では初めてのお仕事になります。そして新書の刊行も初めて。初めて尽くしのなか、大変楽しく書かせていただきました。

一途で健気、そしていろいろな意味で真っ白な攻めです。今まで自分が書いてきたなかでも断トツの白さです！　驚きの白っ！　どれくらい白いかは、是非読者様の目で確かめていただけたらと思います。

あまりに真っ白すぎて、ラストのエッチが大変なことになってしまいました。なかなか挿入までいかなくて（笑）。受けに頑張ってもらおうと思ったのですが、彼もまた経験不足なもので、苦労いたしました。えらく長くなってしまった二人のラブイチャも、楽しんでいただけたら嬉しいです。

本作のイラストを担当くださった兼守《かねもり》美行《みゆき》先生、素敵なイラストをありがとうございました。ジウの正体はネタバレしたくなく、でもまったく隠したままは勿体ないからちょっとだけ匂わしてもらいたい、という曖昧且つ我が儘なリクエストだったのですが、これ以上ないというくらいの素晴らしいカバーイラストをいただき、感激いたしました。挿絵のどれも色や匂い、音まで聞こえてきそうな素敵なもので、何度も見入ってはうっとりしています。

そして、初めてご一緒にお仕事をさせていただきました担当さま。本当にお世話になりました。初稿を読んでいただいたあと、いろいろとご意見をいただき、大改稿の結果、あのジウというキャラが出来上がりました。打ち合わせのお電話でもメールでも、キャラに対する愛情がたっぷりと伝わってきて、とても嬉しかったです。

最後に、ここまでお付き合いくださいました読者様にも、厚く御礼申し上げます。遠い日に約束を交わした二人の行く末を、どうか応援していただき、最後にはホッコリと微笑んでいただけたら幸いです。

野原滋

CROSS NOVELSをお買い上げいただき
ありがとうございます。
この本を読んだご意見・ご感想をお寄せください。
〒110-8625
東京都台東区東上野2-8-7　笠倉出版社
CROSS NOVELS 編集部
「野原 滋先生」係／「兼守美行先生」係

CROSS NOVELS

雨降りジウと恋の約束

著者
野原 滋

2018年10月23日　初版発行　検印廃止

発行者　笠倉伸夫
発行所　株式会社　笠倉出版社
〒110-8625　東京都台東区東上野2-8-7　笠倉ビル
[営業]TEL　0120-984-164
FAX　03-4355-1109
[編集]TEL　03-4355-1103
FAX　03-5846-3493
http://www.kasakura.co.jp/
振替口座　00130-9-75686
印刷　株式会社　光邦
装丁　磯部亜希
ISBN　978-4-7730-8952-3
Printed in Japan

CROSS NOVELS